KB046859

사랑, 너는

임종학 지음

시_커뮤니케이션
see communication

시작하는 글

봄꽃처럼 화려하진 못하여도
가을의 코스모스와 국화처럼 은은함의 향기는 전하고 싶었다.
봄비 맞으며 하루가 다르게 초록 세상을 만들어가는
왕성한 잎과 같지는 못하여도
아름다움 하나로
따스한 감동을 전하며 사라질 낙엽이고 싶었다.
봄과 가을의 시간 차이처럼 세대의 벽을 넘어설 수 없어도
가을꽃은 봄꽃에게 꼭 전해야할 메시지가 있어야 한다는
생각으로 어느 날부터 꽃이 되고자 했다.
과거엔 높은 강단에서 설교하는 일에 익숙한 목사였지만
이제는 가을 늦은 밤의 풍경 소리처럼, 들으려 하면 들리는 소리로
조심스레 봄꽃에게 다가가기로 했다.
자연을 묵상의 텍스트로 삼았다.
낮은 곳을 찾아 흘러가는 물결에 몸을 맡기면서 함께 흘러가는
작은 목자의 모습이 되어본다. 그리고
지금은 샘터에 앉았다.
목마른 자가 찾아와 준다면 목을 축이어줄
소박한 샘지기의 이런 소망 하나를 가지고서

샘이 되고 싶다.
영혼의 샘이 되고 싶다.
거기
항상 머물러 있어
마르지 않고 흘려내는
샘물과 같이
모든 이들에게
아낌 없이 퍼주는
샘지기가 되고 싶다.

2019년 1월에 샘지기 임종학

CONTENTS

사랑, 너는

임종학 지음

CHAPTER 1

겨울 인생 ; 꿈과 희망에 관한 묵상

인생의 길을

겨울이 보여 준다

그래서

삶을 이야기하고 싶다

꿈도 말하고 싶다

사랑 1

사랑은 고운 유리잔 같은 것
깨어져서는 안되기에
끝까지 보호해야 하는 것
깨어지는 순간
자신도 찌르고 남도 찌르는
칼이 되고 마는 것

*

사랑2

행복의 능력은 사랑의 능력이란 걸
다 살고난 이후에야 깨닫고
후회하는 인생입니다.

*

사랑3

세상 법에 없는 죄목이 있다
사랑해야할 자를 방치한 죄
미움의 화살을 박은 죄

질투와 수근거림으로 사랑의 빛을 차단한 죄
사랑을 거부한 죄
미움을 부풀려 원수를 삼은 죄

*

사랑4

작지만 사랑의 거인이 되는 길은
더 초라해지기로 작정하는 일
스스로 자존심을 내려놓는 만큼
품을 가슴은 넓어진다.
성공으로 가는 길과는 반대의 길이어서
아무나 쉽게 가지 못하는 길인데
십자가의 길이 외로움의 길이었다는 것과 많이 닮아 있다.

*

사랑5

책임과 의무가 있는 사랑이 있고
감정만 품고 기대하는 사랑이 있다.
어떤 연인의 사랑이 멋져 보이지만

불안한 이유이다.

*

사랑6

관심을 가지면
마음은 저절로 따라갑니다.
봉사하는 삶을 사는 사람들은
타고난 사람들이 아니었습니다
사람 냄새를 맡기 시작하면서
향기를 발하는 사람이 되었습니다.

*

사랑7

누군가가 내게 소중한 사람이 되고
내가 누군가에게 소중해질 때가 사랑이라는 것을,
그것은 하루 아침에 이루어지지 않았던
긴 마음의 오고감이었다는 것을,
오늘의 나를 살게하는 의미의 거미줄이
거기서부터 짜여져 왔다는 것을,

누구나 그 무엇과도 사랑을 나눌 수 있음이
선물이라는 것을,
그 선물이 없음이 가난이라는 것을,
하루를 산다해도 사랑하리라는 것을…

*

작은 행복, 큰 행복

작은 행복들은 모래 속의 금알갱이처럼 누구에게나 다 있습니다.
어떤 사람들은 그것을 생각하지도 않고 흘려보내지만 어떤 사람은
거르고 모아서 행복의 금잔을 만들어 낸답니다.
큰 행복은 누구에게나 오지 않습니다. 그것은 하늘이 주는 선물이
랍니다. 작은 알갱이의 행복들을 기억하지 못하는 사람에게는 설령
큰 행복이 주어진다 할지라도 신기루같은 하룻밤의 꿈이 되고 맙니
다. 그래서 하늘도 큰 행복은 아무에게나 주지 않는답니다.
행복은 잔을 준비한 자에게 안겨 주는 축배의 잔이랍니다.
이제부터라도, 작은 행복의 선물을 셈하시고
행복의 금알갱이들을 모아 작은 금잔을 준비한다면
어느날 하늘에서는 그 잔으로 축배를 나누도록 큰 행복을 선물할
것입니다.

시작점 인생

최선을 다했으나 열매는 보이지 않고
구하고 구하였는데 쌓인 것은 없다
오래 산 것 같았는데 순간이며
높은 곳인줄 알았는데 밑바닥이고
모든 것을 가진 듯 하였는데
빈 손인 인생
하지만,
시작을 몰랐으나
끝이 보이고
보이지 않는 존재였으나
보이는 분은 있다
하나님이 시작하기 전까지는
시작한 것이 아니었으니
하나님이 마침표를 찍기까지는
나도
마침표를 찍지 않으리라

*

인생노트

처음 왔던 자리는
기억에 없지만
돌아가야 할 곳은
꼭 보아야 하는 것이 인생
그곳을 보여 준 믿음이
선물이며 행복이다

어린 아이 때는
천국의 마음을 가져서 행복이었고
청년의 때는
천국의 주인을 만나서 행복이었으며
장년의 때는
가정 천국을 만들고 가꾸어서 행복이고
중년의 때는
천국을 생각하는 시간이어서 행복이며
노년기의 긴 하룻날들은
신랑을 만나는 천국 신혼의 전날이기에 행복이리라

*

좋은 일

내가 하는 어르신 돌봄의 일을 두고 사람들은 곧잘 '좋은 일을 하시네요' 라고 이야기합니다. 남 보기에만 그런 것이 아니라 내가 보아도 좋은 일입니다. 일하면서 내가 행복하기 때문입니다.

그런데 이런 말을 들을 수 있으려면 꼭 한 가지가 전제되어야 한다고 생각합니다. 물질적 보상이 작아야 한다는 점입니다.

가르치는 일이나 봉사하는 일은 언제까지나 좋은 일로 인정받아야 합니다. 남도 행복하고 본인도 행복이어야 하는데 그러기 위해서는 물질적 보상까지 큰 것이 되어서는 안된다고 생각합니다. 그렇게 된다면 돈에 눈먼 사람들에게 좋은 일자리를 계속 빼앗길 것이며, 결국 순수하고 좋아야할 일도 오염되어버릴 것이기 때문입니다.

성직과 복지직과 교사직과 의사직 등은 좋은 직업으로 끝까지 남았으면 좋겠습니다.

이미 다소 빼앗긴 것 같지만….

*

외로운 날의 기도

당신은 내게
긴 외로움의 날을 두셨습니다
그 기나긴 침묵의 시간 내내
사무치도록 그리워하게 하셨습니다

당신 없는 자리가
바로 허공임을 알았습니다
마음이 가난하게 되는 일은
말씀이 채워져야만 되는줄로 알았는데
광야에 홀로 있어야 한다고
사람도 없어봐야 하고
나도 없어봐야 한다고
네가 얼마나 연약하며
외로울 수밖에 없는 자로 창조되었는지를
깨달아야 한다고

*

사랑8

사랑은 꽃이다 그러나
모든 꽃이 다 열매를 맺지 아니하듯
꽃으로 끝나는 사랑이 많다
벌과 나비를 손님으로 맞아야 하는데
당신에게 찾아와 줄
그 손님은 누구이어야 할까

*

인생 도화지

인생의 도화지는
아픔과 슬픔이 배경으로 채워지고 있습니다
좋은 일이 많았다 하여도
아팠던 색이 너무도 강렬하여서
아름다운 기억을 퇴색시키고 맙니다
힘든 인생의 겨울이 찾아올 때
인생의 그림이 어둠으로 덮이지 않도록
가끔은 큰 붓으로
분홍빛 환희를 그려넣도록 하십시오
불안하고 위험한
붉은 열정의 색은 가끔씩만 쓰고
하나님이 원래 주신
생명의 푸른색을 배경으로 삼으십시오

겸손의 뿌리를 통해
감사의 양분을 흡수하면
마음은 줄기가 되어 삶의 향기로 꽃을 피우고
열매가 맺혀지는 날 하늘은
그 열매를 거두어서
마지막 인생의 도화지엔

영원이 색칠되게 하십시오.

*

인생

유년기에 보호자가 없고,
청소년기에 압박이 크고,
청년기를 꿈 없이 살고,
장년기에 앞만 보며 달음질하고,
중년기에 멈춤 신호를 못 느끼고,
노년기에 동행이 없는 것은,
불행한 사람의 행로일 것입니다.

어쩔 수 없이 맞닥뜨려야 했던 운명이 반(半)이라 하여도,
나머지 반은 불행을 선택한 나의 몫으로
인정해야 합니다.

*

사랑9

詩가 아름다운 것은

순수한 마음으로 빚은 그릇이고
한 방울 허비되지 않은 조심스런 물이며
보석처럼 정제된 글이기 때문이다.
사랑이 아름다운 것도
불순물이 제거된 진심이고
물질에 오염되지 않은 깨끗한 마음이기 때문이다.
난잡하고 복잡한 글이 좋은 시로 인정되지 아니하듯
사랑은
모두에게 가능하고 쉬운 情이며
거기에서 흘러나온 진액이다.

*

고독의 시간

이제 한겨울을
외로이 홀로 견뎌야 하는
소나무 한 그루
내 영혼도 때론
저런 시간이 필요한 것이겠지

하나님만이 채워주실 수 있는
내 영혼의 빈 자리는

가장 견디기 힘든 영혼의 고독
내 안에 계시는 이가
내 안에 없다는 사실도
봄의 축제를 기다려야 하는
그리움인 게지

*

사랑 10

많은 사람을 사랑할 수 있는 자가
하나님을 가장 많이 아는 사람이다.
하나님으로부터 점점 멀어지고 있다면
사랑의 공간은 작아지고 있음일 것이다.
사랑을 알아가는 자는,
하나님을 만나는 자리로 가는 사람이다.
자연이 하나님을 보여주는 그림이라면,
사랑은 살아 박동하는 심장이어야 한다.

*

사랑 11

입으로 말할 수 있습니다.

표정으로 말할 수 있습니다.

행동으로 말할 수 있습니다.

재료 하나만으로는

맛있는 음식과 작품이 만들어지지 않습니다.

*

포말

파도가 몰고오는 포말은 바다의 선물이다

물과 물, 물과 돌의 부딪힘으로

작은 방울 속에 산소를 담는 포말은

태초부터 허락된 창조의 선물이다

사람과 사람의 만남이

포말과 같다면

부딪힘이 상처가 아니라 생명의 창조이듯

뜨거움도 때론 시원함을 주듯

부대껴도 아파도

우리의 만남들은 생명을 창조하는 선물이 될텐데

*

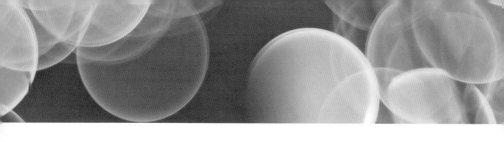

길을 본다

길에서 길을 본다
인생 길이 보이지 아니할 때엔
무작정 길을 걷는다
걸음에 생각을 싣고 기도를 담는다
모리아 땅을 향해
사흘길을 걸었던 아브라함을 생각한다
아들을 죽게 하는 길
그러나 그 길은
자기를 죽음에 내어놓는 길이었다
목적지가 있어야 걷는 길이지만
나를 비우기 위한 길도 있어야 한다
막히면 다른 길이 있듯이
비운 그 자리에서 보이는 길은
나만의 길은 아닌
남도 돌아볼 생명의 길이 될 것이기에

*

허물 벗기

매해 새로 거듭남을 경험하는 생물은

목숨을 건 해산의 고통을 반복한다
허물을 벗어야만 살 수 있는 운명으로 창조되었기 때문이다
성결한 삶을 살려는 사람이라면
누가 시키지 않더라도
정신의 허물벗기를 하여야 한다
겉옷을 벗겨내며 속살을 드러내듯
입술의 고백과 다짐이 아닌
아픈 허물벗기는
작업이 되어야만 한다.

*

행동주의

불의에 대하여 말로만 대응하지 않고 실제 몸으로 대항하고 맞서는 행동주의자들을 볼 때면 나는 늘 부끄러워집니다. 그런 사람들에게 힘을 실어주면서 따라간 적은 있었어도 앞서가며 행동한 적은 없기 때문입니다.

그런 사람들을 싸움꾼 대하듯 하는 사람들이 있습니다. 그러나 그들은 90%의 사람들이 하지 못하는 일을 하는 사람들이고, 진심을 행동으로 옮기는 진정 살아있는 전사들입니다. 지혜롭기를 원한다면 행동하는 사람들이 가진 정신만이라도 이해하는 노력을 가져야 한다고 생각합니다.

사람이 어리석어지는 것은 순간입니다.
그것은, 점점 자신에게 관대하고 익숙해질 때입니다.
언제까지나 죽여야 하는 것은 남이 아니라 자신입니다.

*

낮아짐

더 이상 낮아질 자리가 없을 때에 불안함은 있겠지만
그럴수록 당당하여야 합니다.
이것은 비굴하지 말라는 뜻이지 위장하라는 것이 아닙니다.
낮은 자리에서의 가장 큰 힘은
하나님만 바라볼 수 있다는 점입니다.
꿈 속에서도 기도할 수 있다면
길은 이미 열려 있는 것입니다.

*

사랑 23

석공의 눈은
돌에서 형상을 본다
사랑의 눈을 가진 마음 또한

그러하겠지
아직 완성되지 않은 당신에게서
놀라운 형상을 발견하겠지

*

새벽전철 IO호칸

낯익은 냄새가 묵직하다
검거나 회색 옷을 입은 사람들이 보인다
마지막 활동기
젊은 노년의 어르신들이다
모모라는 책에서 보았던
회색 옷을 입은 사람들이 생각 난다
남은 시간을 빼앗기지 않으려는
긴장을 움켜쥔 사람들
그들에겐 아마도
집착과 함께,
덧없이 보내버린 시간을 곱씹으며 생긴
자신을 향한 분노가 있을 것이다

중년과 노년은
남은 생을 셈해야 하는 사람들이다

남겨진 숙제가
남겨 놓은 돈과 사람이 아니고
생의 정리이고 내세의 준비라면
족하고 행복한 것이리니
노년에게 성공이란 무엇이어야 하나

CHAPTER 2

내 영혼의 쉼터 ; 자연과 거룩에 관한 묵상

하나님을 향한 길에서

자연의 숨소리를 듣는다

자연의 숨결은

생각이 되어 흐르고

생각의 물줄기는 길이 되면서

이내 나를

거룩한 자리로 인도하고 있다

초록줄기

영하 십도가 넘는 계절을 지나오면서도 차가운 옹벽에 붙어자란 가느다란 나무 줄기는 얼지 않고 생명줄을 지키고 있었습니다. 주어진 생명은 포기해서는 안되는 것임을 알려주고 있습니다. 죽는 순간까지도 살아야 하는 것이 생명임을 알려주고 있었습니다. 죽기보다 못한 생명이라 할지라도 죽어야할 이유보다 살아야할 이유를 더 생각하는 것이 생명입니다.

마찬가지로 거룩도 살아내는 일입니다. 깨끗하고 순결하고 바르게 살아가는 일입니다. 그렇게 사는 것을 생명으로 알고 살아내는 일인 것입니다.

*

사랑 27

자랑이 되어도 좋은 것
지나칠수록 좋은 것
조금 부족해도 괜찮은,
존재하는 것만으로 늘 칭찬이 되어야 하는 것

*

성자의 꿈

몸의 때를 제거하고 쓰레기와 먼지는 모아버리듯
정금을 만들기 위해 마지막 남은 불순물까지 녹여내듯
죄로 가득찬 인간의 마음은
십자가의 용광로에서 태워져야 한다.

아무리 늦어도 늦은 것이 아닌
누구나 할 수 있는 꿈이어야 한다

그러나 이토록 혼탁한 우리 세상
이 꿈은 이제 지도자에게도
그 누구에게도 소망이 되지 못하고 있다.

거룩을 외칠 수 있다면
거룩의 물결을 다시 볼 수 있다면
진정한 회개 운동이
이 강토를 다시 휩쓸어 준다면

*

선과 악의 싸움

27

거룩한 싸움에는 두 방법이 있을 것입니다.
악을 대적하는 일과 악을 밀어내는 일입니다.
악이 강하면 피하고 싸울 것 뿐이겠으나,
선이 강하면 악은 무시할 수 있습니다.
선과 사랑이 강할 때에는
악이 피할 것이며 그것이 예수님의 방법이었습니다.
죄와 악에 대하여 무관심하라는 의미는 결코 아닙니다.
선과 사랑의 무기 없는 단죄와 단절과 대적은
고립만 자초할 뿐이고
단절이 되고나면 접촉할 끈마저 없어지기 때문입니다.

*

사랑 28

산에서 외치는 소리는 금방 메아리되어 돌아오지만
사랑은 언제 메아리되어 돌아올지 알 수가 없습니다.

*

사랑 30

기다리는 일은 즐겁지 않다.

그러나 사랑이면 기다림도 즐거움이 된다.
연애할 때 백화점에서 아내를 기다린 적이 있었다.
30분 정도의 기다림이었는데
왜 그렇게 길게만 느껴지고 힘이 들던지
연애할 적에는 긴 시간을 기다릴 때에 이런 생각을 하였다.
'차를 놓쳤을거야.'
'그래, 길이 막혔을수 있어.'
'기다리고 있는 내게 얼마나 미안해하고 있을까.'
남의 행동이 잘하고 못해서 내가 무엇을 하는 게 아니라
내 사랑이 있거나 없어서 무엇을 한다.

*

사랑 31

인생에서는 길을 만들어가는 사람이 있는가 하면
길을 따라만 가는 사람이 있습니다.
사랑하는 사람은 안전한 길 위를 걸어가는 사람이 아니며
개척자처럼 자기의 길을 만들어 가는 사람입니다.
사랑하는 사람은 누구에게나 다 길이 있습니다.

*

어두운 길에서도

어두운 밤도 계속되지 않고
뜨거운 낮도 순간이다
사계절의 변환과 나이듦의 모든 과정도
순환의 아름다움 안에 있다
아픔과 슬픔이 주는 눈가의 이슬과
큰 고통에 쏟아내야하는 눈물의 강이라도
길가의 들꽃같은 미소와
주변을 밝혀줄 환한 웃음과
따뜻한 사랑이 있음으로
다시 걸을 수 있으니
희망의 끈만은 놓치지 말자
한송이일지라도
꽃이 되어 살아가자

*

사랑 34

부담스러울 정도로 적극적으로 사랑하는 사람이 있고,
상대방을 구속할 정도로 사랑에 의존적인 사람도 있습니다.
적극적인 사랑은 타인을 향한 것이기에 문제될 것이 없겠지만

지나친 의존적 사랑엔 이기심이 또아리 틀고 있습니다.
주는 사랑은 지나쳐도 되겠지만
받는 사랑은 지나치면 안됩니다.

*

사랑 35

나의 자존심을 세우려하면 평생 비교 의식의 노예가 되지만
차라리 상대방의 자존심을 세워 주는 노력을 한다면
그 순간 사랑의 승리자가 된다.

*

새순

거룩과 새순은 닮은 꼴이다.
순결하고 깨끗한데 한없이 연약하다.
그러나 잘리면 또 다시 움트는 힘이며 생명이다.
하나님은 거룩한 삶을 끝까지 요구하신다.
어린 아이같은 순결함으로 마지막까지 살라 하신다.
꺾이면 다시 움티울 새순으로 그렇게 살라하신다.
나무의 새순은 계절이 지나면 다시 움트지 아니할지라도,

거룩한 생명은 무한반복의 에너지가 되어서
언제까지나 세상을 정화하는 힘이 되어야 한다.

*

사랑 36

한눈에 반하듯 좋아진 사랑의 평균 수명은 2년 정도라 합니다.
오래 지속되기 어려운 것이 이성의 사랑입니다.
칭찬이나 격려는 교육에서만 중요한 것이 아닙니다.
사랑도 인정을 통해서 유지되고 자라는 것입니다.
사랑하는 사람들은 끊임 없이 나누며 함께 있고 싶어합니다.
질리지 않고 주어도 아깝지 않는 것을 서로 공급받습니다.
그런데 공급이 줄어들고 중단될 때 사랑의 난로는 식어가며
갈등이 증폭되고 심각한 싸움이 생깁니다.
사랑은 생명인 까닭에
사랑과 선행을 늘 격려하라고 말씀하고 있습니다.(히10:24)

*

봄바람 교훈

그냥 멈추어만 있으면 따뜻한 봄볕인데

오늘의 봄바람은 가을을 만들었다
비오는 날 시샘의 바람은 여름 태풍과도 같고
찬비 오는 날 바람은
칼바람 되어 겨울을 만든다
갓 태어난 순들이 긴장을 하고 있다
독수리 새끼 훈련시키듯
봄바람은 움튼 식물들에게 조련사가 되었다
내 영혼의 조련사는
봄바람처럼 나되게 하시는데
나는 나쁜 봄바람처럼
변덕으로 반응하고 있구나

*

사랑 37

내가 베푼 것을 생각하다가
더 주지 못한 것을 계산하게 되는 것이 바로 사랑
그러나 사랑이 식어져갈 때엔 이상하게 준 것만 계산된다.

*

죽음 속의 생명

겨울에 자연은 생명을 숨기고
땅의 꽃도 밤에는 숨었고
밤의 별꽃은 낮 동안 숨어버리었다
때때로 하나님이 숨으셨고
내가 숨기도 했다.
살아있음이란
항상 살아있는 것이 아니란다.
때론 죽은듯
그것이 생명이란다
삶만 이야기하지 말아라
죽음이 없다면 생명도 없는 것이란다.

*

빛으로 산다는 것

우리가 사는 지구가 아름다운 것은
크지도 아주 작지도 아니하고
적당한 거리로 태양을 순회하며
외롭지 않게 달 하나를 품고
무한한 생명의 세상을 만드는 때문이란다.
세상에는 스스로 빛이 되는 사람이 있고

그 빛에 기생하여 빛을 조금 얻어 쓰는 사람도 있지.

큰 사람이 된다는 것은

스스로의 노력도 있겠지만 하늘이 내리는 것이란다.

사실, 빛은 누구나 다 가지고 있는 것인데

다른 사람의 빛만 보다가

자신을 어두움에 감추어버리고 있단다.

돈과 권력의 빛이란

가장 눈에 띄는 화려한 것이라서

사람들은 누구나 그 빛을 따라가려고 하지.

하지만 그것은 반짝 왔다 사라지는

혜성같은 위험한 빛이다.

화려한 빛이 아름다워보여도

실제로 세상에서 아름다운 것은 그런 빛이 아니란다.

어떤 강한 빛들은

마치 자신이 세상을 밝히고 있다고 생각하는데

불의한 힘으로 남의 것을 조금씩 빼앗아서

독점한 것을 모르고 있지

가장 크고 아름다운 빛은,

자신의 빛으로 남을 비추어주고

어두워진 작은 빛들로 빛날 수 있도록 돕는 빛이란다.

세상에는 가장 불행한 빛도 있는 것을 아니?

빛이 없다고 생각하고 스스로 숨어버린

어두워진 빛이란다

CHAPTER 3

봄꽃과 새순에게 ; 꽃과 순에 관한 묵상

봄의 축제에 초대를 받았다.

꽃은 장식이었고,

주인공은

연초록 새생명의

공연이였다

봄의 소리

봄을 여는 길목에 섰다
꽃샘추위의 마지막 고개는 남아있지만
봄의 전령사는
흰색 눈 넘어 따스해진 햇볕과
아파트 작은 정자의 어르신들 모습과
마른 잔디밭에서 몸 부비는 비둘기들과
춥지 않는 시원한 공기와
노란색 숲 속 도서관의 향기와
잔가지들의 숨쉬는 떨림과
가지에서 우는 새의 밝은 울음소리와
공원을 걷는 사람들의 힘찬 발걸음을 타고
내게로 다가와 말하고 있다
봄 봄 봄
그래,
봄이다

*

순

꽃은 축제처럼 왔다 지는데

순은 조용히 오고 자라간다
꽃은 화려했는데 순은 갸냘프고 연약하다
순이 진정한 꽃이었다
꽃은 여인의 하룻날 보일 화장이었는데
순은 한해를 보호하는 옷이었다
꽃처럼 살고 싶었는데
순처럼 살고 싶어졌다
자랑이 아닌
보호막 되고 그늘 되고 싶어졌다
화려한 인생이어서
내가 선택하여 다가갈 인생이지 않고
누구든 다가와 주면 벗될 수 있는
잎이기를 바랐다
나는 그런 선택을 할 수 없었는데
하나님이 그리 하시었다
순이 보여준 하나님의 음성이
오늘의 감사가 되었다

*

사랑 43

좋아한다는 건 비교도 가능하고 대체도 가능하겠으나

사랑은 모든 것이고 유일함이다.
모두를 사랑할 수 없지만
한 사람에게는 집중할 수 있어야 하는 것

*

사랑 44

사랑이 천국의 문일수는 없어도 천국의 길은 됩니다.
말로 설명하고 이해시키는 하늘나라는
길 없는 천국의 문을 설명할 뿐이겠지만,
우리는 사랑하고 사랑받는 길을 함께 걸으면서
문에 쉽게 다다르게 됩니다.
얼마나 많은 사람들이
서로 주고받는 상처로 인해
천국문에 도달하지 못하고 중도에서 벗어나고 있는지요.

*

사랑 45

결혼식에 찾아온 내 사람이 친구들이라면
죽을 때 찾아올 내 사람은 나의 면류관들이니

마지막을 준비하는 마음으로 걷자
사람을 얻는 일이
젊은 날의 관심이었다면
세상에서 살날 적은 사람의 관심은
사랑을 주는 일이어야 한다
열심으로 얻은 상이란
살아있는 자가 받는 기쁨이고 보람이어도
사랑으로 얻을 면류관이란
죽은 자가 받을 진정한 명예이기 때문이다

*

사랑 46

고통스러운 경험이 인생의 교훈이라면
아파본 사랑은 그 인생의 빛나는 진주라 하리
아파보지 못함도 불행임을
병이 될만큼 사랑하지 못함도 가난임을
누가 깨닫기나 할까?
내가 사랑하므로 병이 났다고 하려므나 (아가5:8)

*

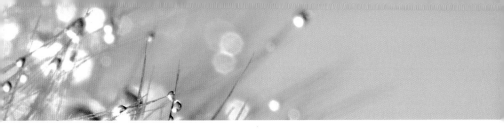

사랑 47

함께인 것이
큰 선물이고 기쁨의 열매인데
혼자 앞서가려하면 상처를 주고
뒷서가면 부담이 되는
사랑이란,
멍에를 함께 지는
두겨리 소와 같은 것이다

*

사랑 48

외로움이 없으면
그리움도 없다
사람이 좋았기에
깊은 사랑도 가능했다
사랑을 하면서 행복을 알았다
사람들이 고맙다
추억을 만들어 주는 비와 눈과
바람과 식물까지도 고마웁다

*

만남의 지혜

강한 성향의 사람은 필히 부드러움과 인내의 훈련을 하여야 하고
유한 성향의 사람은 지성과 논리적 힘으로 아무에게나 쉽게 휘둘리
지 않을 준비를 하여야 합니다.
강한 사람은 필히 유한 사람을 친구나 반려자로 삼아야하고, 유한
사람은 반대 성향의 사람을 만나야할 필요가 있습니다. 가장 위험
한 만남은 인격 훈련이 안된 강한 사람끼리의 만남입니다.
강한 쇠와 불이 만나서 나타날 결과는 뻔하고 상처밖에 없을 것이
기 때문입니다.
일반적으로 사람이 만날 때에는 자기와 비슷한 외모에서 친숙함을
느끼고, 다른 성향의 사람에게서 매력을 느낍니다. 하지만 만난 이
후엔 노력과 성장이 필요합니다. 이별하며 성격 차이를 말하는 것
은 이겨내지 못한 사람들의 변명이겠지요.

*

사랑 51

한 순간에 많은 것을 잃기도 하고 얻기도 하는데,
사랑은 그렇게 얻어지지도 않고 그렇게 잃지도 않습니다.

변함 없는 꾸준함
사랑은 저축입니다.

*

사랑 52

사랑하는 사람이기에 상처도 공유를 합니다.
상처를 받지 않는 가장 좋은 방법은
아무도 사랑하지 않는 것입니다.
그래서 사랑으로 행복하고자 할 때에는
상처를 품어낼 수 있는 훈련을 하여야 합니다.
조금 어렵다고 하여 관계를 끊다보면
결국은 혼자일 것입니다.

*

주님의 꽃

하늘거리니 풍선꽃이고
안개가 되니 안개꽃이고
강물이 되어 흐르니 강꽃이 되고
색으로 뒤덮으니 바다꽃이 되었다

43

주인공이 되었지만
꽃은 한번도 주인의 자리를 선택하지 않는다.
꽃이 아름다운 것은
항상 조연이 되고 배경이 되기 때문이다

*

사랑 57

성 베네딕트 수도원의 규칙에는
「모든 사람을 예수님처럼 대하라」는 구절이 있습니다.
'예수님처럼' 대하라는 말에서
우선 '친절'이라는 말을 떠올려 봅니다.
사랑의 출발점은 친절입니다.
이 상황에서 예수님이라면 어떻게 하셨을까를 생각하는 것이
예수님처럼 대하는 방법일 듯 싶습니다.

*

사랑 59

꿀맛에만 길들여진 사랑
화려함과 아름다움으로만 옷입혀진 사랑은

낭떠러지 위를 걷는 것 같은 불안이고 위험인데
본인은 모르고 있다

*

사랑 60

사랑하는 자의 마음은 받는 자만이 평가한다.
영혼을 움직이는 것은 진실한 사랑이다.

*

사랑 61

남을 사랑하기 위해선 나를 죽여야하고,
나를 사랑하며 살리기 위해서 남을 사랑해야 한다.
사랑을 위해 사랑해야지
내가 살기 위해서 사랑해야지
사랑은 자선이 아닌거야
사랑은 모두를 살리는 생명인거야

*

사랑 62

중요한 것은 눈에 보이지 않고
소중한 것은
하나에 집중케 합니다
세상에서 사랑이 식어져가는 것은
보이는 것이 너무 많아졌기 때문입니다
사랑의 반대말을
욕심이라 말하겠습니다.

*

봄비 개인 후

가장 아름다울 때
비바람은 꽃잎을 거두어갔다
조금 더 꽃의 아름다움을 보여주었으면 하였지만
오늘 길가의 나무들은
깨끗하게 옷을 갈아입었다
바닥에 꽃잎들이 뒹굴지도 않는다
이것도 아름다움이다
시들지 않은 마지막을
떨어짐으로 마감하는 동백처럼

작은 꽃잎들의 장렬한 최후는
새잎의 등장을 선명하게 하고있다.

*

사랑 64

맹목적인 사랑은 눈 먼 사랑입니다.
사랑도 지나친 이해와 감싸기는 거짓을 용납하게 되는데
이 단계는 이미 사랑이 아닙니다.
아름답고 귀한 것일수록
순수성을 지키기 위한 갈고 닦음이 필요하겠지요.

*

열정

열정이란
좋아하는 것에 온전히 집중할 수 있는 힘입니다.
수동적인 사람과 적극적인 사람을
성격만으로 규정지을 수는 없습니다.
사람은 모든 일에 열정을 쏟지 못합니다.
열정을 쏟을 수 있는 것을 찾아주는 것이 중요합니다.

일과 돈은 연결되는 것처럼 보이지만
실제로 돈이란
일을 즐기며 집중할 수 있는 사람에게 따라가고 있습니다.
업적 또한 그러합니다.
쇳가루가 자석을 따라가듯이 말입니다.

*

사랑 71

아내와 사귈 적, 편지를 쓰고 싶어서 펜을 들어 마음을 옮기려고 하는데 한 시간이 넘도록 쓸말은 없고 마음만 가득했다. 빼곡히 담긴 마음을 빈 백지의 편지로 보내었다.

사랑에는 마음도 담아줄 종이가 있다는 체험의 순간이었다. 다른 누구도 알 수 없고 증명되지 않지만 그 마음을 읽어낼 사람이 있었기에 가능했다.

하나님의 사랑이 그러하다.

받는 자가 알고 주는 자가 아는 사랑.

CHAPTER 4

큰나무 가정 ; 가정 행복에 관한 묵상

나무와 인생은 닮아있고
가정은 큰 나무와 같다

사랑하는 아들에게

쪽배 한 척일지라도
영혼의 바다에서 넌 자유인이어야 한다
구속되지 말고
마음껏 항해하는 너의 길이어야 한다
나와 함께했던 항로가
네가 가야할 길은 아니니
너와 함께하실 하나님을 경험하라
보이지 않는다고 아니라 말고
들리지 않는다고 없다하지 말라
소리와 침묵이 조화되는 때
소리는 눈에 보이며
보이는 것은 귀에 들릴 것이니
그때에 비로소 넌
영혼의 자유자로 서리라
나의 하나님이 아닌
너의 하나님으로 섬기게 되리라
길은, 가르치는 것이 아니고
보여주는 것이며
길은, 걸을 수 있어야만 내 길이 된다

*

사랑73

공원 길에서
연인이 포옹을 하고 있다
노년의 부부는
손을 꼭 잡고 걷고 있다
젊음의 불같은 사랑이 아름답지만
오랜 지기의 사랑은
聖스럽기만 하다

*

당신으로 인하여
(결혼기념일에 아내에게 쓰는 편지)

꽃피우던 날엔,
흩날리던 꽃비의 향기에 취하였고
비오는 날은,
우산에 떨어지는 빗방울 소리가 좋았습니다
낙엽지던 날에는,
잎방석 위에 뒹굴면서 즐거웠고
눈오는 날은,

눈꽃 핀 길을 함께 걸으며 기뻐하였습니다

내안에 당신이 머물러 준 까닭에
꽃과 비와 낙엽과 눈도
행복했었을 시간
내가 당신 안에 당신이 내 안에
내가 자연 안에 자연이 내 안에
주님이 우리 안에
우리가 주님 안에 있는 한
언제까지나 하나
우리는 언제까지나 행복입니다

*

꽃과 사랑

식물은 제각각의 꽃을 가지고 있다
생명이기에 다 꽃으로 존재하듯이
사람에게 주신 꽃은 사랑이기에
화려한 사랑도,
몰래 피어야 하는 슬픈 사랑도,
심지어 열매 맺지 못하는 짝사랑도
피어야 하는 꽃이어야 한다

사람이기에 꼭 사랑하여야 한다
평생이 사랑이어야 한다

*

기대를 낮추는 것

만족에 대한 나의 기대선에서 행복은 결정됩니다.
그런데 물질이든 관계이든 우리가 사는 세상에서는 늘 그 기대선이
높아보입니다. 높은 기대를 쫓아가는 사람들 속에서 함께 동행자가
되는 어리석음에 나도 빠져있다는 걸 알았습니다. 가난해도 기대선
이 낮으면 행복을 느끼는데 이상하게도 부유를 경험하면 자존심이
강해지고 경쟁에 빠져들며 어김 없이 기대치가 더 높아지는 것을
보게 되었습니다.
꿈과 야망은 필요하지만 자신을 성찰하고 타인을 돌아보며 더불어
사는 세상에 대한 인식이 부족해서 나타나는 현상입니다. 기대를
낮추려는 노력이 따르지 않는다면 우리는 점점 그 늪에 빠질 수밖
에 없습니다.

*

사랑 74

행복하다는 사람을 만나보기 힘들다.

뚝딱 만들고 틀에서 찍어내는 다품종 제품에 익숙한 사람들은
행복도 그렇게 얻으려고 한다
기다림 없이
아픔 없이

그러나
공들인 사랑 없는 행복이란
원래가 없는 것인데

*

마음의 정원
(사랑하는 딸에게)

맑은 호수보다
드넓은 바다보다
저 밤하늘의 별들보다 아름다운 건
네 마음의 정원
그가 지은 세계가 아닌
네가 만든 세상이어서
그도 보고 싶어하는 자리
늘 그대로 있는 모습 아닌
계속 가꾸어질 마음이어서

그도 늘 찾아오고 싶어하는 자리

주님의 딸로
그를 찬양하는 자로
사람들 앞에
칭찬받을 자로 살아갈 너의 마음은
주님의 정원
찬바람 불고 혹한의 시련 다가와
혹 꺾이울 것 있다하여도
생명이 그분의 것임에
더 아름다울 미래를 준비해야겠지
마지막을 더 아름답게 꽃피우게 할
그분의 아름다운 정원을 만들어야겠지

*

사랑 75

하나님의 사랑은 흉내내는 사랑이 아니다.
하나님께 속하고 그 바다 속에 잠기는 일이다.
사랑이 삶이 될 때
기대와 소망의 네 안에 그득하고
나눔과 베품은 일상이 되겠지.

행복은 사랑의 놀이터 안에 있다.

*

아버지들에게

당신이 보입니다
행복 창고를 가지고 있는 당신이 보입니다
상큼한 포도송이같은 아내와
감람나무 열매같은 자식은
행복 창고의 보물입니다
하지만 무엇보다 당신은
창고의 기둥이고 열쇠이시니
건강과 안전만은 꼭 지켜가시기 바랍니다
새 봄이 열리는 지금
아버지인 당신을 위해 기도하고 응원하며
사랑의 마음을 함께 담아 드립니다

*

사랑 76

사랑할 줄 알고 사랑받을 줄 아는 사람으로 키우는 것은 가장 중요한 교육입니다.
그것은 자유인을 만드는 일이며
세상이 부자유할지라도
자유자로 살아갈 영혼이 되게하는 일입니다.

*

사랑 79

어머니의 사랑은 숨겨진 사랑이고
아버지의 사랑은 드러나는 사랑이다
어머니의 사랑은 종노릇 이었고
아버지의 사랑은 주인노릇이었다
아버지의 사랑이 많이 잊혀지고
어머니의 사랑이 그대로 남는 이유이다

*

어머니 기억

시골 길
벚꽃과 목련은 그 길의 가로수였다
매주 두세 번씩 오가던 그 길은

지금도 변함 없을텐데
얼마 전 가본 부모님이 사시던 그 시골 집은
대추나무 한 그루만이 흔적으로 남아있었다
그 때
밥 한 그릇 먹고 오는 것은
사랑을 먹는 일이었다
그러나 지금은 갈 수가 없다
그 사랑을 받을 수가 없다

십 년의 세월은 살처럼 흘러가 버렸는데
생각은 아직 강 저 너머에 머물러 있다
가면 볼 수 있을듯
보면 정겨운 소리 다시 들을 수 있을듯
천국에서 보자고
너무 쉽게 인사한 것이
이별이 덜 된 이유였나 보다

*

사랑 80

불같은 사랑을 태운 적이 있었다
배우자를 만나기 위한 본능적인 사랑이었다.

결혼이라는 과정을 통해 하나됨이 확정된 이후

불같은 사랑은 거기에서 끝났다.

다시 시작된 사랑은

의지적인 사랑이었고 비움과 노력이 요구되고 있었다.

아직도 난 본능과 의지가 통합된 완전한 사랑을 만나보지 못했다.

어디엔가는 분명 있을 그 사랑을

*

사랑 82

가장 쉬운 사랑의 방법이 있다면 종노릇입니다

그것이 없다면 방법도 없습니다

모두가 주인되고자 해서 사랑이 어렵습니다

예수님이 친히 발을 씻겨 주신 본보기는

종노릇의 본이었습니다

사랑하는 일에서 종노릇은 놀이가 되어야 하는 것입니다

*

결혼

결혼이라는 것은,

계산과 필요에서가 아니라
내가 선택했고 하나님이 맺어준 것에
끝까지 사랑할 것을 결정한 일이다
운명이기보다는 언약이다
책임이기도 하지만 성실이다
한 사람에 대한 헌신이고,
유일한 전부이다
헤어질 이유도 있겠지만
함께 살아야할 이유에 집중해야 하는 한 사람이다
만인 앞에서 약속한 사람이기에
하나님이 그 약속을 지켜보셨기에
신실이며 거룩의 동행이어야 한다

*

사랑 85

봄을 깊이 느끼게 하는것은
꽃보다 비라는 걸 알았습니다
사랑을 깊게 느끼게 한 것도
웃음이 아니라 눈물이란 것을 알았습니다
대신할 수 없는 아픈 자를 바라볼 때에는
내 안의 무딘 정이 일깨워짐을 또한 알았습니다

*

사랑 86

사랑에는 다른 눈과 귀가 존재한다.
내 방법대로가 아닌
상대방이 원하는 방법과 바람을 찾는 것.
내 소리가 아니라
상대방의 마음의 소리를 경청하는 것.

*

사랑 87

장사는 이득을 남겨야 하는 것이지만,
사랑은 행위 자체가 이득이며 그 열매는 덤입니다.

*

빈 기억의 창고
(치매 어르신들을 돌보면서)

기억에 없는 갓난아기적 큰 사랑을
이제는 당신에게 되돌려 달라고
스스로 기억 없는 세상으로 가시고 있네
안개처럼 희미해진
돌아올 수 없는 그 길을 가시고 있네
받아들일 수 없는 것은 자신인데
사랑하는 사람들을 아프게 하고
남은 사랑까지 좀먹게 하면서
얼마나 사랑했으며
어디까지 사랑할 수 있는지를
끝까지 시험하고 있네

불쌍타 하면서도 때론 섬뜩하게 느껴져
사람들은 다가서려 하지 않는데
없으면 불안하여
속으로 울고 있는 아이시구나
사랑만을 먹고 사셔야 하는데
희망 없는 명줄인지라
외로움에 떨고만 계시는구나
새로운 사람은 거부하면서
마지막까지 가족의 손을 놓지 않으시는구나

나만 그것을 갚아야 하느냐고

한탄을 하는 사람이 있더라
나는 그것을 갖지 않아도 된다며
감사하는 사람도 있더라
모든 것을 다 받았으면서
마지막 남은 조금의 것까지
빼앗아 가려는 자식도 있더라
생각하면 차라리
남은 기억의 마지막 조각까지
다 버리고 가는 그 어르신이
행복이었겠더라

*

늙는다는 것

나이가 들어
목소리가 커지는 것은,
체면이 없어져서가 아니다.
귀가 어두워졌기 때문이다.
같은 말을 반복하는 것은
주장하고 싶어서가 아니다.
자기 말도 망각한 때문이다.
과거의 자랑을 반복하려는 것은

잊어버려서가 아니다.
인정받을 것이 지금은
아무것도 없기 때문이다.

노인이 되면,
자기도 싫은 생소한 그 길을 가야만 한다.
같이 못 갈 길이거들랑
고개라도 계속 끄덕여 주라.
효도란 게 별것이던가.

*

자족하는 삶

주님과 함께했던 즐거움과 행복은 과연 어디에 있었던가요?
돌아보면 그것은 무엇을 이룬 때가 아니었습니다.
그분과 온전히 하나였던 그 순간이었습니다.
오로지 그분을 바라보고 그가 주신 것들을 받아 누리면서 그의 사
람들과 온전한 교제를 나누던 시간이었습니다.
살펴보면 아이들의 행복에 그것이 있습니다.
부모의 행복도 그들에게 필요한 것을 제공해주면서
그들이 즐거워하는 것을 보고 즐거워하는 일입니다.
너무 많은 것을 안겨주면 거기에 취하고 맙니다.

부모의 존재도 소중히 여기지 않고 욕심에 빠져들고 맙니다.
알면서도, 우리는 모르는 위험한 길을 가고 있습니다.
당신은 혹,
불확실한 미래를 위해 현재의 행복을 포기하고 살지 않는지요?

*

부부의 사랑

얼굴도 모른 채 만나 결혼하고 살았던 한 어르신과 이야기를 나누면서 '삶과 사랑'에 대한 이런 차이를 발견할 수 있었습니다.
지금의 시대는 사랑하였기에 행복하려고 결혼한 사람이 대부분이지만 그 시대에는 만났기에 행복하려고 힘쓴 사람들이 많았던 것입니다.
사랑에도 기대하는 것과 노력하는 것의 차이는 있습니다.
어떤 사람이 더 행복했는지를 단순비교하기 어려워도 분명한 사실은, 노력이 기대보다 더 중요하다는 점입니다.
사랑은 노력이고 기술이 되며 나아가 예술이 되어야 합니다.

*

사랑 91

사랑이란,

좋아하고 소유하고 싶고 필요로 하는 관계이겠지만

결혼을 생각한다면 그 순간부터는 달라져야 한다.

소유욕이 바탕된 사랑도 열매를 맺는 성숙단계에서는

매이는 것으로 전환되어야 한다

결혼이란, 매이는 일의 시작이다

그 일이 기쁨이 되지 못한다면

시작에서부터 불행일수 있다

*

딸을 시집 보내던 날

떠날 것을 생각하고 살아오지 않았었지만

헤어짐의 연습은 필요했었나보다

주어진 부모형제 속에서의 행복보다는

하나됨의 노력으로 만들

너의 가정은 더 아름다워야 한다

천국은

이 세상을 떠난 자가 누리는 행복의 자리이듯

떠남으로 더 나은 행복이 되어야 한다

자석처럼 서로에게 끌려온

지금까지의 시간이라면
혼인은 현실의 시작점이다
부부의 사랑이란
한 사람이 이기고 지는 게임이 아니라
모두에게 승리가 되어야 하는 것
때론 싸우더라도
그것도 사랑이어야 한다
서로를 구속하지 않고
서로에게 구속되어야 한다
외모를 가꾸려는 마음에서
이제는 내면의 아름다움을 가꾸어야 한다

우리의 정원에서
아름다운 꽃이 되어준 찬주야
가장 아름다울 때 떠남이 아쉽지만
너희의 정원에서는
더욱 빛날 꽃이 되고
온갖 나비와 벌을 부르는
정원지기가 되어라
참 어른은 나이가 만들어 주기 보다는
가정을 가꿀 수 있음으로 되는 것이니
더 넓은 마음과 사랑과
어른의 발걸음으로

지금까지 그랬듯 언제까지나
이름의 뜻대로
사람들로부터 칭찬얻고
주님을 크게 찬양하는
보석같은 사람이 되어라
하늘의 천사가 되어라

*

훈련소의 아들에게

꿈을 가지고 군대에 온 사람이 있을까
어리지도 않고 어른이지도 않은
가장 건장하고 꽃다운 청춘의 중심에서,
멈춤의 장소에 선 얼마간의 세월이겠지만
바다와 강의 한가운데 섬처럼
동떨어진 삶의 이 공간에서 넌
어떤 인생의 집을 지어가야 할까?
생각 하나까지 사치스런 것으로 여겨야 했을 훈련의 시간은,
오직 인내가 무엇인지를 깨닫게 한 인생 선물로 간직함이 좋겠다.
꿈이 중요한 젊음이라지만
나라의 부름을 받은 이 특별한 시간에는,
다른 소중함들도 하나씩 채워갔으면 좋겠다.

앞으로의 병영 생활도 긴 인생 안에
소중한 또 하나의 경험일텐데
잘 맞서갔으면 좋겠다.

언제 지금처럼 가족이 그리웠겠니
언제 지금처럼 사람에 고파보았겠니
언제 지금처럼 나라를 사랑해보았겠니
아플 때는 아파하고
그리워질 땐 그리워 해야겠지만
지금은 무엇보다 견뎌야 하는 때이기에
동료와 어깨동무하며 승리의 발걸음을 옮기어 보기를
우리,
한순간도 잊지 않고 관중석의 응원단처럼 바라보며
기도하고 응원할터이니
시간만 계산하지 말고,
인생의 가장 길고 큰 숨을 마시고서,
백미터의 도움닫기 발판에선
선수의 몸짓되어서 돌아오기를
힘모아 격려의 소리를 외쳐본다
내 아들아 화이팅!

CHAPTER 5

사랑해야할 이유 ; 예술과 사랑의 묵상

가슴에 담긴 사랑은

머리에 기록된 사랑보다 오래 기억된다

사랑은

피와 살 속에 녹은

생명이었다

나의 거울

당신은 나를 보게 하는 거울입니다
내 안에 계신 하나님이
비로소 당신을 통해 보입니다
당신을 형제로 받아들이고
사랑하고 삶을 나눌 수 있게 되면서
혼탁한 유리 거울이 맑아지는 것처럼
당신은 주님을 보여주는 거울이 되었습니다
더 이상은
당신에게 인정 받고 싶지 않습니다
당신에게만은 나의 자랑도 하고 싶지가 않습니다
부족한 내 모습도 보이고 싶습니다
그 때에는 거울이 된 당신에게서
주님을 바라볼 수 있기 때문입니다
당신의 외모는
예전 처음 뵐 때의 모습이 아닙니다
언젠가부터 당신에게서
주님의 얼굴이 오버랩 됩니다
당신을 보면서
주님을 바라볼 수 있게 되었습니다
더 사랑할 수밖에 없고
그래서 더 함께이고 싶은

당신은 지금 바로 나의 사람이고 가족입니다
나와 너, 너와 나 그리고 우리
당신이 바로 나이고
내가 너이게 할 수 있을 때이면
표현하지 않아도 눈빛 하나로도 말할 수 있고
당신이 나의 거울되면
나도 당신의 거울이 될 수 있을 터
주님은 그 안에서 '우리'가 되십니다.

*

관계

내가 먼저 단절한 기억은 거의 없습니다
내게 힘든 일이 있다면
관계를 끊어야 하는 일입니다
남은 버려도 나는 버리고 싶지 않아서입니다
세상을 살다 가는 한번의 인생에서
내 마음의 집에 머물다 간 사람이 몇이나 될까마는
그들에게 나는 어떻게 기억될까 생각할 때에
완벽하지 못해도
과거보다는 지금이
지금보다는 미래가

더 선명하고 아름다울 수 있기를 소망합니다

*

시 (詩) 는 나의 그릇

사물을 담고
시간을 담고
움직임을 담고
노래도 담고
깊은 생각도 담는다
모든 것을 담아 줄
너의 그릇에

아무리 소리쳐도
아무리 힘을 써도
죽도록 몸짓해도 안 되지만, 그래도
희망은 담아야 하기에
오늘
너의 그릇에 나를 담는다

내가 타인을 욕하지 않을 방법은
분노와 저주를 쏟아내지 않을 방법은

원수같은 누구까지 사랑할 방법은
너의 그릇에
고고한 말로 담아내는 일이다
위선자가 되지 않으면서
성결함을 지켜내는 길이다
거룩한 기도로 향을 피우는
나의 방법이다

*

사랑 97

예수님을 인격적으로 만나던 날
예수님만 사랑이 아니었다.
내가 사랑스러웠다. 자연만물이 사랑스러웠다.
모든 사람들이 사랑스러웠다.
그 분은 사랑의 묘약을 내게 뿌리신 것이었다.

*

생수같은 사람

마음을 시원하게 하는 사람

생수같은 사람을 찾는다

줄 것은 없지만

왠지 함께 있으면 산 속 공기를 마시는 듯

편안하고 시원한 사람

처음 만났는데도 오래 알아왔던 사람같고

자주 만나며 닮고 싶은 사람

속 이야기를 다 꺼내놓고 싶고

부담이 되지 않는 사람

만남이 더할수록

신뢰감이 쌓여가는 사람

마치

섬기기로 작정한 듯한 사람

*

입과 귀의 다짐

혀에다 잠금 장치를 하고

입술에는 정화 장치를 해야겠다

정제된 말과 언어만 흘러 보내야겠다

흠집을 터뜨리고 싶어하는 바늘을 꺾어야겠다

솟구쳐 튀어나올 것 같은 분노의 거품도 잠재워야겠다

밉고 싫어서 때리고 싶어하는 욕설은

아주 죽여야겠다

귀에는
거름 장치를 해야겠다
다 알고 싶어하는 욕심을 버리고
다 옳다고 믿지도 말고
이익의 소리에는 문을 닫아야겠다
긍정과 칭찬에만 귀를 세우고
수근수근 하는 짓은
죄악으로 인정해야겠다

감아야만 보이고 닫아야만 열리는
비밀 세계 커튼을
날마다 열며 살아야겠다

*

사랑 99

혼자서도 충분히 살 수 있는 세상이다.
그러나 함께 살기를 원하고 결정하였다면
사랑의 영양소를 주고 받아야 한다.
사랑 없이도 살 수 있다.

그러나 숨만 쉬며 살지 않고 사랑하며 살기로 작정하였다면
혼자 있어서는 안 된다.
이 세상에서 가장 값진 노력은 돈을 버는 일도
힘과 명예를 얻는 일도 아니다.
사랑을 위해 함께하는 삶이어야 한다.

*

사랑102

36.5도 몸의 온도가 육체의 집을 유지하게 하듯이,
마음도 지켜줄 온도가 필요합니다.
마음이 차가와지면 사랑의 꽃은 피우기가 어렵기 때문입니다.
용서란, 마음에서 차가운 얼음덩어리를 떼어내는 작업이며
꼭 결행해야하는 아픔입니다.
일곱 번까지 하오리까
일흔 번씩 일곱 번이라도 하라
주님께서는,
차가운 그 얼음덩어리를 끝까지 떼어내야 한다고 말씀하십니다.

*

사랑103

값싸게 얻는 사랑이 있고 비싼 값을 치르며 얻는 사랑이 있다.
소중함은 가치에 비례하기 때문에
값싸게 얻은 사랑은
풍선처럼 언제 터지며 날아갈지 모를 불안함이 있다.
쉽게 얻었다면 더 아름답게 가꾸는 노력이 필요하며
어렵게 얻었다면 실망을 주지 않도록 간수함이 필요하리라.

*

사랑104

오늘 사랑의 씨앗 하나 심어요
내일 또 하나를 심어요
황폐함에 놀라고
어두움에 마음 아파하는 일은
그만하기로 해요
하루아침에 될 일이 아니라면
회복도 금방일 수는 없는 것
소리 없는 씨앗 심기가 답이랍니다
모든 씨앗이 싹을 내지 않아도
간혹 하나는 뿌리를 내린다는 생각으로
계속하여 씨앗을 심기로 해요

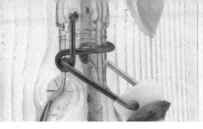

하나의 씨앗 심기가
우리의 씨앗 심기가 되면서
분명히 세상은 밝아질 거예요
세상에서 가장 쉬운 일은
사랑하는 일입니다
누구나 할 수 있으며 언제나 가능하기에
낙심만 하지 않으면
분명히 밝아질 것입니다
부끄러운 일을 하는 사람이
수치를 느끼는 세상이 될 때까지
우리, 계속하여
사랑의 씨앗을 심기로 해요

*

우리 사랑

나를 즐겁게 하고 싶어 너를 만난다
너도 즐겁게 해야 해서 나를 주련다
나의 별로 삼고 싶어 너에게로 간다
너의 별도 되고 싶어 또 너에게로 간다
네가 싫다는 것은,
내 안의 모난 부분이라서 너에게로 간다

싫어지는 것도
포기하지 못한 나의 고집이기에
나는 나를 꺾으며 다시 가야만 한다
나는 나와 싸워서라도 너와 하나되어야 한다
이렇게 네가 내 사람되고 내가 네 사람 되었는데
어느 세월 후
내 안에는 네가 없고
네 안에만 나 있다면
그것은 죄일거야
나는 너를 잠시의 소모품으로 삼은 죄인일거야

행복이란 정제되고 단련된 금처럼
마지막에 남겨질 결정체이어야 하는 것
나 있음으로 네 안에 있던 불순물이 제거되고
너 있음으로 내 안에 있던 찌끼도 태워져버리고
그래도 작은 것 남는다면
사랑의 안경으로 가리워서
행복의 우산 아래 언제까지나 보듬어 안아가자
그런 우리의 사랑이게 하자

*

사랑107

상처 없는 사랑은 없다.
단련과 정제의 과정을 통해서 아름다운 보석이 만들어지듯이
귀한 사랑도 상처를 그러안음으로 가능하다.
불같이 타다가 식어버리는 사랑은,
섹스가 사랑의 행위일수는 있어도 사랑이 아니듯
진정한 의미의 사랑이 아닌 것이다.

*

사랑108

미움도 얼굴에 담겨있고 사랑도 얼굴에 담겨있다.
얼굴을 세밀히 들여다 보면 사랑할 것이 보인다.
사랑해야 하는 사람이라면 얼굴을 바라보아야 한다.
주름 지고 약한 부분은 내가 품어줄 부분이어서 사랑스럽고,
매력있고 아름다운 부분은
만족스럽고 즐거워서 더욱 사랑스러워진다.
바라봄이 사랑이다.
보고픔이 사랑이다.

*

역할 인생

내가 가진 것으로 내 인생의 집을 지으려 했던 일들이 모래성처럼 허물어질 때가 있습니다. 그러나 조금만 생각을 바꾸어 본다면 협력자의 모습으로 성공할 수 있는 길은 더 많을 수 있습니다.
모두가 내 길을 걸으려 하고 내 성을 쌓으려고 하지만 돕는 자의 길을 꿈꾸는 사람도 있어야 합니다.
하나님과 영원의 세계를 알고 본다면 잠시의 세상에서 주인공으로 살기보다 역할을 찾으며 사는 것이 더 중요하지 않을까요?

*

사랑109

사랑하는 일이 중요해지면 속도는 자연히 줄어들 수밖에 없는
사랑이라는 차는 느림이다.
여유를 갖지 못하면 모든 게 스쳐지나가기 때문이다.
서서히 그리고 멈추면 보이는 세상이 사랑 세상인 것 같다.
바쁘게 살아가야 해서 아마도 사랑은 식는 것이겠지.

*

육체의 집

평생을 내 집 없이 살아왔던 나이지만
오늘은 문득
집이 있다는 걸 깨달았다
건물의 집은 천막에 불과하지만
내 진정한 집은 육체라는 걸
젊을 때는 몰랐는데
틈도 보이고 헤진 구석이 보인다
원상회복이 불가하여
땜질할 곳도 보이고 있다
내가 보호하고 지켜주지 않으면
순식간 무너질 수 있다 생각하니
주름져가는 살결도
기둥되어 준 허리도
닳고 닳게 걸어 굳은살 배긴 발바닥까지
고마운 마음에 사랑스럽다
肉을 사랑하는 것이 아니다
내 집을 사랑하기로 했다
내 몸만을
집으로 여기기로 했다

*

습관

과장이 습관이 되고
거짓이 습관이 되며
도둑질과 폭력도 습관이 됩니다
격려의 말과 사랑의 관심과
의로운 행동도 습관입니다
잘못된 행동 하나는 누구나 할 수 있지만
다음 행동으로 연결시키지 않겠다는 의지와
노력이 없다면
악은 병이 되고 말 것입니다
육체의 병은 시간 문제이겠으나
정신의 병은 삶의 가치 문제입니다.

가치 있고 아름답고 멋지게
불같은 열정으로 살 수 있다면
그런데 그 또한
습관의 문제입니다.

*

꽃길

인생이 가시밭길이라 생각했는데
사랑의 선물을 나누며 되돌아보니
꽃길이었더라
아픔까지 선물로 받으려 하니
큰 꽃이 되더라
타고난 꽃길 인생을 부러움으로 보며
항상 핀 영광의 꽃이되려 한다면
하룻날 영광이며 조화(造花)가 되려는 것
죽음과 삶의 반복 속에 있는
산 꽃이 되기위해
아플 때에도
더 아름다워질 꽃을 생각하자

CHAPTER 6

아름다운 동행 ; 봉사적 삶에 관한 묵상

강한 사람끼리의 동행에는

이익이 계산되며 그림자가 드리우는데

약한 자와의 동행은 줄 것이 보이며

배부름으로 만족한다

균형

인생의 공평을 말하지 마십시오
인생의 불공평도 말하지 마십시오
공평의 관점에서는 공평이며
불공평의 관점에서는 불공평이니까요

마음은
막대 저울의 추와 같습니다
마음의 저울추만을
하나님은 공평하게 주셨습니다
추의 중심을 잡는 일은 나의 몫입니다
혼자는 그 일을 할 수 없어서
돕는 자도 두셨습니다
균형의 추를 붙잡은 당신과 내가
하늘의 상을 받게 된다는 것
그 또한 공평입니다

*

사랑112

약했기에 의지할 수 있었고

아팠기에 이해할 수 있었다
돈이 없었기에
몸과 마음이 대신하였다
나의 사람이 힘들었기에
다가가야 했었고 의지되어 주었다
사랑한다는 것은
노력이기 보다는
환경이 주는 은혜의 선물이었다
지금에 와서는
넉넉함이 소원이고 축복이라지만
사랑을 잃게 될까
오히려 두려움이 된다.

*

영혼의 쉼터

작은 샘 하나 만들어 놓으니
벌과 나비의 놀이터가 되었다
마치 사막의 오아시스처럼
새들을 부르고 있다
오랜 가뭄 속에서 물을 마시고
몸을 담구어 목욕을 한다

물에 남긴 깃털 하나가 정겨움을 준다
숨어서 바라보는 그들이 반가웁다

영혼의 물샘 하나 만들어볼까
세상이 메말라 있으니
목마른 자만 찾아와 줄
샘터 하나 세워볼까
썩은 세상 냄새 풍기면 도망갈 터이니
와서 쉬는 것 바라보고
때묻은 몸 목욕하도록
숨어 기도해 줄
영혼의 샘 하나를

저렇게 목마르면 찾아오고
때 묻으면 목욕하는 새들인데
육체로만 두지 않은 영혼들이
산 자라면
어찌 가만히 있기만 할까

*

선한 일의 중독자들

성, 노름, 마약 등 순간적 쾌락이 중독자를 만들 듯이 선한 일도 중
독자를 만듭니다. 다른 것이 있다면 악의 중독자들은 가까운 이들
을 힘들게 하고 자신을 파멸로 몰고 가지만 선의 중독자들은 자신
이 가진 힘 안에서 스스로 행복의 길을 가면서 남들도 행복하게 만
든다는 점입니다. 바라보면 세상을 아름답게 하는 사람들은 그저
그렇게 사는 평범한 사람들이 아니었습니다.
악한 사람들은 세상을 계속 더럽게 하여도 특별한 선의 중독자들이
청소부의 역할을 하면서 세상이 밝아지고 있었습니다.

*

사랑113

장사는 이득을 남겨야 하는 것이지만,
사랑은 행위 자체가 이득이며
열매는 덤입니다.

*

나의 무대
(지체장애인들과 함께하면서)

사 랑 없 으 면 살 수 없 는

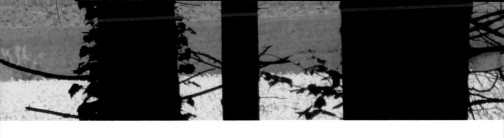

약한 자들만의 세상을 보았다
그들만의 무대를 보았다
무대에선
저들이 주인공이고
나는 박수치는 청중이었다
저들
무대 아래의 삶에서도
자유로운 영혼되어 살 수 있게 한다면
그곳은
청중의 자리에서 박수치실
하나님 앞에서의 나의 무대
나
그곳에 서리라

*

사랑115

약점과 흠을 지적하고 싶어하는 마음은
결국 미움을 향해 가는 것이고,
있음에도 감추고 싶어하는 마음은 사랑으로 가는 일입니다.
미워하다 사랑하고 사랑하다 미워하는 것 같아도,
사랑과 미움은

처음부터가 다른 길입니다.

*

사랑118

나 하나 살기 위해
죽어야 하는 것들이 얼마나 많고
죽여야 하는 것은 또 얼마나 많은가를 생각한다면,
모두를 사랑하고 모든 것을 사랑하는 일은
당연할 뿐입니다.

*

사랑119

주는 능력이란,
담금질로 단련되는 쇠처럼
반복의 습관으로 가능합니다
사랑으로 가는 길은
주는 일이 기쁨이 되는 작업입니다
쌓아놓을 재산은 없겠지만
마음은 부하고

사람을 남기는 일입니다

*

정쟁의 그늘

거짓된 가면으로
진실 놀이를 할 때에
골은 깊어만 가고
편싸움의 작은 승리는
한숨의 시간을 길게만 한다
그러다 누군가의 장난이
전쟁터를 만들게 되면
누구는 안전지대에서 놀겠지만
한없이 약한 어느누구는
공포에 떨면서
죽음의 피에 가슴을 적셔야 한다

명분 없는 깃발을 세우지 말라
의미 없는 추종을 하지 말라
한 사람을 사랑하되
한 사람을 미워하지 말고
한 사람을 따르지도 말고

한 사람이 되려하지 말라
사람들과 함께 하면서
묵묵히 평화의 길을 가는 것이
가장 크게 사는 일이다

*

빛을 보는 힘

빛을 보며
빛의 근원을 보는 힘
하나님을 본다는 것은 빛을 보는 것이며
생명의 근원을 보는 힘입니다
태양 없는 세상이 존재할 수 없음을 통해서
빛 되시고 근원되시는 하나님을 보게됩니다
누구에게나 인생의 그늘은 존재하는 것이지만,
하나님을 바라보는 자는
그늘에 가리운 삶을 살지 아니합니다.

*

사랑120

기적은 있습니다.
아무 것도 없는 믿음의 자리에서
그리고 진주처럼 순수하고 아름다운 사랑의 마음밭에서
상식이지만 흔하지 않은 일을
가능케 하시는 분이 주는
은혜의 선물입니다.

*

남은 조각의 은혜

시골의 가난했던 어린시절, 보리수확이 끝나고 나면 학교에서는 보리이삭을 줍게 하였습니다. 그럴 때면 집에서도 시간을 내어 한나절동안 땀흘려 보리이삭을 줍고 알맹이를 거두어 볶아 미숫가루를 만들었습니다. 부스러기를 모으면서 느끼는 감정은 특별했습니다. 남은 낱알들이 주는 것은 은혜와 감사가 되었습니다. 비록 농사를 짓고 살지는 않았지만 그런 기억 때문에 지금도 밥을 남겨서 버리는 것은 마음이 허락지 않습니다.

예수님께서 오병이어 사건에서 제자들에게 부스러기의 떡과 생선을 거두게 하신 이유에는 은혜가 자리합니다. 제자들은 부스러기를 광주리에 담으면서 은혜도 담을 수 있었습니다. 은혜란 남는 것에서 나타납니다. 군중들은 먹고만 끝났던 사람들이기에 은혜가 쉬 잊혀졌지만 거두어보고 계산해보는 자들은 다른 은혜를 체험할 수

있었을 것입니다.
복이 은혜를 주지 않습니다.
은혜란, 복을 헤아려보는 자들의 몫입니다.

*

사랑121

사랑은 치유를 위한 에너지이며
시기심과 미움도 아픔을 만드는 에너지가 됩니다.
내 마음이 어느 방향으로 쏠리느냐에 따라
하나됨이 되고 파멸의 에너지도 됩니다.

*

어르신 모습

어린 아이로 되돌려 놓으셨나 사랑스럽구나
몸에 남은 게 냄새라 하지만
사랑하는 마음 주시니
안아줄 수 있다
얼굴을 부벼도 된다
손 잡으면 놓지 않으시는 어르신은

육신이 병이 아닌
외로움이 병이 되어있다

봄날씨처럼
변덕스러운 성격이라지만
평생 다른 옷을 입느라 길들여진 색깔들이 춤을 추고 있을 뿐이다
조금 매만져 드리면
웃음이고 눈물인데
그마저 없다면 사람일까
찾아와 주는 이 없고
찾아와 달라 부를 수 없어
이렇게 불쑥 찾아가면
내 손 놓지 않는구나

아쉽게 떠나가신 어머니
자식들 고생시키지 않으시려 홀연히 떠나시더니
그분들 나로 알고 섬기라 하시나
의무로 하면 부담될까 하여
생각나는 만큼만 보라하시나

당신은 여전히 어머니께 갚지 못한 내 안의 빚
금방이면 내 몸도 그리 되겠지만
그때까지는 내 어머니입니다

그러셔야만 합니다

*

사랑122

외모가 가장 아름다운 자가 아니라
가장 약한 자를 무대의 중심에 둘 수 있을 때
하나님 앞에서는 가장 아름다운 노래가 되고 연극이 된다.
사람이 하나님을 감동시키는 것만큼 위대한 공연은 없을 것이다.

*

힘의 논리

힘의 논리를 따라가는 자본주의라면 위험합니다.
법이 약자 편이 되지 못하고 강한 쪽에 기우는 것은 일반적 사회범
죄와 다르지 않을 것입니다. 항상 약자일 수밖에 없는 약한 개인과
소기업은 교묘한 법의 피해자가 될 때가 많기 때문입니다.
힘에 대하여 힘으로 맞서야하는 것이 세상이어서 싸움이 끊이지가
않습니다. 배려와 나눔이 사회 정신이 되지 못한다면 이익 쟁탈은
끝까지 갈 것입니다. 정치 수준은 어쩔 수 없는 국민의 수준이며 국
회에서 법을 만들고 고치는 일들은 생산적인 것이 아닌 주고 빼앗

는 규칙 싸움에 머물 뿐입니다.

*

예비 신호

황색 예비 신호는 마치 없는 것인 양 신경 쓰지 아니하고, 적색 신호에서만 멈추는 성급한 사람들에게는 사고의 위험이 많을 수밖에 없습니다.

이것은 도로에서만 일어나는 일은 아닙니다. 모든 것에 예비 신호는 있습니다. 우리의 인생에서도 마찬가지입니다.

예비 신호란 쉼을 위한 경고인데, 너무 열심히 살거나 나태하게 사는 사람들에게 예비 신호란 없는 것이 됩니다.

진행과 멈춤은 누구에게나 있는데 예비 신호에 대처하는 삶이 없다면 어떻게 될까요. 암처럼 갑자기 찾아와 정지신호에 선 사람들을 만나봅니다.

대부분의 아픔이 예비 신호입니다. 견디기만 해서는 안되고 그때에는 하나님을 바라보아야 합니다. 작은 위험이, 통증이 느껴지는 순간에 무뎌지려 하지 마세요. 그때는 바로 다른 시선은 닫고 하나님만 바라보아야 하는 시선 집중의 시간입니다.

*

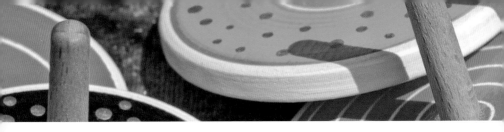

사랑131

예수님께서는
사람이란 현재의 모습이 아니라 그 열매로 안다고 하셨다.
열매는 마지막에 남기는 결과이다.
최후의 평가가 있기까지 모든 판단은 바른 것이 아니며,
사랑도 마지막의 열매로 평가될 것이다.

*

사랑133

사람을 살리는 관심과 행동이 사랑이며
사람에게 희망을 둘 때 사랑 세상은 만들어집니다.
사람을 위한 희생보다 더 값진 일은 세상에 존재하지 않습니다.
하나님이 기대하는 헌신과 희생도
다 사람을 위한 것이었습니다.

CHAPTER 7

목사로 산다는 것 ; 목양과 잃은 양에 관한 묵상

오직 영혼 하나만 바라보면서

좁은 길을 걸어가는

목자들에게서

잃은 양의 회복에 대한 희망을 갖습니다.

목사로 산다는 것

나를 위해 당신이 필요할 수 있겠지만
당신을 위해 내가 필요했으면 좋겠습니다
나를 이 땅에 남겨두신 이유가
나를 위해서가 아닌
하나님과 바로 당신을 위함이라 한다면
이제부터라도 나는
당신의 필요가 되겠습니다
어제 있다가 오늘 없어지는 사람을 보니
자신을 위해 살았던 사람은 잊혀졌고
남을 위해 자신을 주었던 사람은
오래 기억되었습니다
목회자로 산다는 것은
처음부터 자신을 버린 삶입니다
그런데 어느 순간 되돌아 보니
자신을 위한 길이었고
자신을 위해 쌓은 성 뿐이었습니다
이제부터는
나의 길이 아닌 다른 사람의 길을 닦고
다른 사람들이 거할 집을 만드는
건축가가 되려 합니다
혹 내 길처럼 보여지고

내 집처럼 느껴질 때는
미련 없이 다시 나그네 되렵니다

*

부흥을 위하여

다시 흥하기 위해서
이젠 목표를 내려놓아야 한다
위를 보지 말고
옆을 보고 아래를 보아야 한다
끈으로 묶는 조직체에 대한 집착을 포기하고
사랑으로 녹아 하나된 공동체로 고쳐가야 한다
건물의 아름다움은 그만 자랑하고
몸의 존귀함을 보여주어야 한다
교회나 공동체를 사랑하지 말고
형제를 사랑해야 한다
세상에 교회를 알리지 말고
세상 속에 숨은 그리스도의 제자가 되어야 한다

부흥을 위하여
부흥은 포기해야 한다

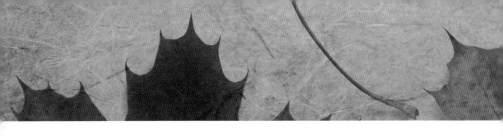

*

사랑137

때론 지는 척 때론 이기는 척
밀고 당기며,
공격하고 방어하는 사랑의 전쟁
그러나 한쪽이 지거나 이기는 것은
패전이 되는
사랑은,
영원한 무승부의 싸움입니다.

*

사랑139

모든 것이 이익으로 계산되는 세상일지라도
베푼 기쁨으로 계산하며 사는 자리는 있어야 합니다.
가룟유다로 인해 상처 받지 않고
빌라도로 인해 억울해하지 않으셨던
예수님이 주신 마음입니다.

*

산 숲 호수

푸르른 산이 있어
호수가 아름답고
큰 물 거울되니
산은 더욱 신비하다
뿌리 깊은 샘물 곁 나무
잎 날개는 쉼을 주네

자연은 하나같이
주고 받아 살아가고
세상은 그렇게 어울려 있건만
어이타 우리 인생은
자기 안에 갇혀있나

*

사랑140

죽을 힘을 다해 살고자 하는 자는 피할 길을 얻는다.
죽을 힘을 다해 사랑하는 자는 행복의 길을 찾게 된다.
사는 일도 죽을 것처럼,

105

사랑하는 일도 죽을 것처럼 한다면
세상은 살만한 아름다운 곳이다.
다만
죽을 것처럼 사는 사람은 있는데
죽을 것처럼 사랑하는 사람은 별로 없구나.

＊

왜 안티인가

반대하고 심지어 대적하는 세력이란 왜 생기는 것일까요.
말세지말에 진리에 대한 사단의 총체적 공격이 이렇게 나타나고 있
다는 영적싸움 정도로 간주하고 싶겠지만 그런 접근이야말로 너무
도 단순하며 듣는 사람을 황당하게 합니다.
종교를 상대로 안티 세력이 존재한다는 것은 여러 이유가 있겠지만
말 그대로 싫다는 것이고 피해 의식을 느낀다는 것입니다.
우리가 준 피해가 없고 사회적으로 좋은 일들을 많이 하고 있는데
왜 그러느냐고 말하겠지만 이미 우리 기독교는 해방 이후 수십년
동안 권력과 지근거리를 유지해 왔습니다.
해방 이전 단 5%도 안되는 기독교인으로 항일 운동을 주도하면서
초대 정권의 중심이 되었고 민주화 과정에서도 적지 않은 역할을
하며 진보 정권에서까지 수혜를 누려온 것이 사실입니다.
현재 국회의원의 기독교인 비율은 압도적인데 그 수는 진실한 신앙

인이 아니라 다수의 해바라기 정치인일 뿐입니다. 권력이 있는 곳에 돈이 있는 것이기에 기독교의 세속화와 보수화는 너무도 빠르게 진행되었습니다.

심각하리만큼 양분되어 있는 보수와 진보의 세대 갈등은 이제 지역 갈등의 문제를 뛰어 넘어버렸습니다.

현재 젊은 세대가 기독교에 대하여 배척까지 하는 이유는, 종교 자체에 대한 배척이기보다는 세대적 싸움의 타깃인 것이 분명합니다.

세상을 보지 못하는 기독교의 몰락은 점쳐지는 정도가 아니라 현실인데, 사회를 품지 못한 종교가 설 자리는 없다는 점을 아직 기독교 지도자들은 깨닫지 못하는 것 같습니다.

*

사랑144

물은 저절로 낮은 곳으로 흐르고
사랑도 낮은 곳을 향하여 흘러가려 하는데
담과 걸림돌들이 하도 많아
내려가지를 못하고 고이며 썩고 있다
정치가 하는 일은 터주는 일인데
탐욕의 그들이 오히려 걸림돌이라
세상은 계속 신음만 하고 있다

*

젊은이의 눈

생각과 시각이 가장 순수한 젊은 세대들을 붙잡지 못한다는 것은 기성 세대가 무언가 잘못되어 있다는 증거가 됩니다. 그들이 다 옳은 것은 아닐지라도 그들이 비판하는 세상은 분명히 잘못된 세상인 것을 알아야 합니다. 옳고 바른 것을 위해서라면 모든 것을 할 수 있고 생명까지 바칠 수 있는 사람들인데 그들을 얻을 수 있는 사상이나 종교나 정치가 결국 세상을 얻을 수 있기 때문입니다.

청년들이 교회를 떠나고 있고 교회에 다니는 청년들이 사회의 젊은 이들로부터 무시 받는 세상이 되어가는 이 비극적 환경을 우리는 어떻게 이해하며 어떻게 극복해야 할까요?

*

사랑146

사랑은 이기는 일도 지는 일도 아닙니다.
그냥 해야하는 일입니다.
세상에는 항상 이기는 일과 항상 져야하는 일로 구별되지만,
사랑은 이겨도 이기는 것이고 져도 이기는 신기한 싸움입니다.

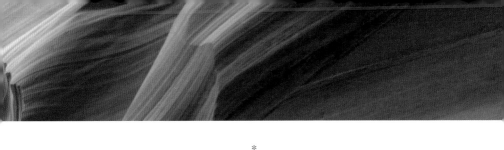

소금과 빛의 복음

 열심히 교회에 출석하고 봉사하며 많은 헌금을 드리는 삶이 목회자나 교인들에게 귀감이 되며 든든함일지는 몰라도, 젊은 세대들에게 그런 부모들의 신앙생활은 매력이 되지 못하는 상황입니다.
적지 않은 자녀들이 교회를 떠나가고 있습니다.
부모의 신앙을 따르고 싶어하지 않는 것입니다.
유대의 국가 종교라는 든든한 사회적 울타리 안에서야 가능했던 세뇌적 종교 교육이 이제 우리에게 가능할 수 없게 되었습니다. 감동과 존경감을 주지 못하는 신앙은 가족들에게 가장 먼저 노출되고 종교에 대한 싸늘한 사회적 분위기는 작은 권위의 보호막까지 거두어가고 있습니다.
이제는 삶 이외에 그 어떤 것으로도 복음은 전달되지 아니합니다.
초대 교회에 있었던 소금과 빛의 복음은,
원색의 복음으로 우리 앞에 다시 돌아왔습니다.

*

사랑154

사랑을 노래하리라

목소리 아닌
마음으로 부를 노래가 되리라
사랑을 전파하리라
홀씨처럼 날려 흩어 보내이리라
사랑이 싹트이는 어느 날
한 점
생명의 전령사로 남으리라

*

가을 산책

인생의 가을을 맞아 가을이 싫어지지만
또 가을을 기다리는 이유는
나를 가장 잘 볼 수 있는
나의 거울이기 때문입니다
외로움의 자리는 싫지만
또 그리워지는 이유가
외로움의 시간과 자리에서 찾아가는 나를
만나주시려고
그분은 늘 거기 계시기 때문입니다

*

사랑155

아무나 그냥 좋아하는 마음이 사랑은 아니며
일방적인 짝사랑도 참 사랑은 아니다.
그것은 사랑의 질병일 뿐이다.
비정상적이고 비상식적인 사랑이 가득찬 세상 속에서
우리는 살고 있다.
값진 보석에는 가짜가 많은 것처럼
모든 진리와 값진 가치에는 거짓이 넘쳐나는 법이다.
잘못된 사랑에 온 마음을 주기에는 세상은 너무도 짧고,
되돌리는 데는 허비가 너무도 크다.

*

목양의 길

목사가 구원의 길로 인도하는 일을 하지만 그것은 성직자만 할 수
있는 일은 아닙니다. 성직자란, 스스로 행복하고 타인에게 행복을
전할 수 있는 사람입니다. 직업이지만 돈만 버는 직업인이 되어서
는 안되는 일입니다. 존경과 권위가 따라 오겠지만 그것 때문에 이
길을 간다면 사람들에게 해를 주는 사람이 될 수 있습니다.
주변에 행복하지 못한 목회자들을 참 많이 보고 있습니다.

가난해도 행복해야 목사이며, 아파도 웃으며 감사할 수 있어야 목사입니다. 기도가 아픔을 녹일 수 있는 힘이어야 하고, 인내가 성령의 열매일 수 있어야 합니다. 물질의 욕심과 야망의 욕심을 제어할 수 있어야 목사이고, 마지막은 예수님처럼 십자가의 길을 준비할 수 있어야 목사입니다.

진정으로 행복을 말할 수 없는 자리에 있다면 목사의 자리부터 내려놓아야 합니다. 그것은, 자신만이 아닌 가족까지도 불행하게 만들 수 있기 때문입니다. 예수님 때문에 함께하는 모두가 행복을 고백할 수 있어야 목회일 것입니다.

*

사탕복음

우리나라가 가난할 때에 선교사들은 초콜렛이나 사탕으로 사람들에게 다가갔습니다. 아픈 자들에게는 치료자가 되어주었고 교육의 혜택을 누리지 못한 사람들에게는 의식을 개혁하며 학교를 세워 신학문을 가르쳤고 유학도 시켜주었습니다.

그 혜택을 누린 자들이 조국 근대화 과정에서 정치 경제 문화 교육 전 분야의 초석이 되고 기둥이 되며 나아가 복음화의 기폭제가 되었습니다.

가난한 시절에 사탕과 빵은 친숙할 수 있는 좋은 도구였습니다. 그런데 지금도 사탕복음으로 사람들에게 다가서려는 노력을 한다면

그것은 기독교를 천박한 종교로 만드는 일밖에 되지 않습니다.
선비적인 상식의 종교가 되고, 영적 선물의 복음이 되며, 긴 시간의
관심과 사랑을 주면서 마음을 얻어낼 수 있는 인격적 복음이어야
합니다. 예수님께서는 빵을 주셨지만, 계속해서 주는 일은 하지 않
으셨습니다.

*

사랑157

씨가 잘못될 수도 있다.
그러나 옥토에 뿌려진다면 끝까지 보호될 것이다.
사랑이란 환경이다
길이나 돌작밭이나 가시밭은 준비된 토양이 아니었다.
옥토만이 준비된 마음밭이었다.
씨 뿌리는 마음으로
씨를 틔우는 마음으로
한 영혼도 포기하지 않으시는 하나님이 농부의 마음이며
그 마음으로 사는 일이 사랑의 마음이다.

CHAPTER 8

가을 풍경의 소리 ; 가난과 풍요에 관한 묵상

불필요한 옷들을 벗어내는 시간

화려한 성공의 뒷그림자를 보면서

풍요로운 가난을

묵상하여 본다

시간 사용

성공적인 삶을 살아가려는 사람들이 하루 24시간을 토막내듯 효율
적으로 사용하는 모습은 대단하다고 생각하지만 꼭 그렇게 사는것
이 옳은가에 대하여는 호응하고 싶지 않습니다.
촘촘히 짜여진 시간은 남이 비집고 들어올 여유를 없게 만듭니다.
숨막히게 돌아가는 계획된 시간 속에서 진심을 나눌 사람이 선물로
다가오는 경우는 드물 것입니다.
계획 속의 사람들은 대부분 이익과 연관된 자들이기 때문입니다.
일주일의 하루나 한나절 그리고 하루의 몇 시간 정도는,
이익과 상관 없는 시간으로
남을 위해 남겨두는 것이 좋을 것입니다.

*

성장주의

하나님은 이스라엘 민족을 위하여 지경을 넓히지 못하도록 제한시
키면서 제국의 길을 막으셨습니다. 자족의 삶을 위한 최소한의 환
경 속에다 가두어 놓으신 것입니다.
변질된 축복론에 빠져 성공만을 지향하며 성장만을 추구하는 일은
재고해야 합니다. 거룩과 성숙의 주제가 성장주의와 함께 가는 일
이 이론적으로는 가능해 보일지라도 현실적으로 양립될 수 없기에

하나님께서는 지금 브레이크를 거시고 있습니다.

*

가을에

가을은 쓸쓸함을 주고 그 마음이 시를 쓰게 합니다.
풍족함만 가지고는 하나님을 바라볼 눈도,
시심(詩心)의 자리도 남겨주지 않는 것 같습니다.
왜 하나님께서는 내게 빈 자리에 자주 앉게 하며,
여유로움보다 빚진 마음에 살게 하시고,
때론 고통의 늪에 빠지게 하는지 알 것 같습니다.
겉모습만 초라하지 않게 하실 뿐 속은 온통 가난하게 하십니다.
하나님을 볼수 없는 마음이
가난인 것이라고 귀에 속삭이고 계십니다.

*

사랑164

나를 만나 유익만 되고, 손해를 볼 사람이 없게 하는 것.
그것이 인생의 고집스런 원칙일 수 있다면
이미 그는 성공한 사람이다.

사랑이 삶이 되기 때문이다.

*

사랑165

동정의 사랑은 그때뿐이고,
거짓된 사랑은 단물을 빼먹는 시간만큼이며,
불같은 열정의 사랑은 목적을 이룰 때까지인데
희생의 사랑은 무한으로 간다.

*

사랑166

사랑하는 일에 기술이 필요하겠지만
'어떻게'라는 방법보다 더 중요한 것은
'바로 지금'이라는 움직임일 것입니다.
때로는 몸이 먼저 움직여도
그 다음에 마음이 뒤따라가는 것이 사랑인듯 합니다.
사랑해야 하는 일에서 마음은,
기관차가 아닌 객차가 아닌가 생각합니다.
사랑의 기술자들은 몸이 먼저 움직이는 사람들입니다.

*

사랑168

자신을 사랑한다는 것은 자존감을 세우는 일이 아닌,
자학이나 분노를 다스리는 일을 포함합니다.
나를 무너뜨리는 악한 사단은 의외로 분노를 이용하고 있습니다.
실제로 자살의 상당수가
순간 이를 감당하지 못한 돌발행동이었습니다.
남이 쏘는 화살을 막아야만 하는 내 안의 방패,
그것이 자기에 대한 사랑입니다.

*

성공

'최선'보다 '최고'라는 용어를 더 좋아하고, 차선의 선택마저도 부
끄러움과 실패로 인식하려는 태도가 성공주의자들의 머리 속에는
가득한 것 같습니다.
그들은 자신만 그런 함정에 빠지는 것이 아니라 함께하는 가족이나
사람들까지 끌고 들어가려 합니다. 1%의 성공이 모두에게 가능한
성공이리라는 황당한 이론을 제시하면서 여러 방법을 가르치려 합

니다.

예수님은 1%의 실패자에 관심을 가지셨습니다. 그는 한번도 1%의 성공자에 관심을 두신적이 없었습니다.

99 마리의 양을 버려두고라도 잃은 양 하나를 찾아나선 마음이 아니었던가요?

*

사랑173

고향이 사랑인 것은 변함 없는 넓은 품이기 때문입니다.
어머니가 사랑인 것도
항상 희생인 마음의 피난처이기 때문입니다.
변함 없다는 것
그것은 사랑의 가장 중요한 자원입니다.

*

사랑174

노력을 셈하지 아니하고 추억록에 새기며,
이익은 독점하지 아니하고 나눔으로 하며,
열매의 공은 남에게 돌린다.

*

사랑177

하나님과 이웃을 사랑하라는 명령은,
행복으로 가는 길에서 약도와 계명으로 주셨습니다.
물질은 그 걸음에서 필요한 물이며 간식일 뿐입니다.
행복의 주식은 '사랑'
돈은 '간식'

*

이김

이겼다고 이긴 것이 아니고, 졌다고 지는 게 아닌 것이 가족 관계이
다. 효자는 그래서 부모를 이기려고 하지 않는다. 대부분의 부모도
자식에게 이기려 하지 아니한다.
이기는 일은 이권이 존재하는 경쟁 관계에서만 필요하다. 사랑하는
대상에게 이기겠다고 나서는 사람이야말로 어리석은 사람이다.
나는, 가족에겐 무조건 질 것이다.
사랑하는 모든 사람에겐 다 질 것이다.

*

정직한 사업

사업을 하는 사람들에게 정직이란 늘 어려운 숙제입니다.
경쟁이 치열해질수록 더 버거운 일이 됩니다. 재력 있는 사업가들 속에서 소규모 사업은 더욱 힘들며, 법은 약한 자를 배려해야 하지만 실제로 입법의 과정에서부터 강한 자들의 로비와 입김이 작용되는 것이 현실입니다. 이익을 위해서라면 불법을 행하는 것은 익숙해지고, 남의 불법을 보면서 정직을 기본으로 삼는다는 것에 억울함을 느끼며 함께 따라가기도 합니다.

신앙인 사업가들 중에 정직하게 성공한 사람들이 과연 얼마나 있을까요? 목회자도 부흥만 되면 모든 과정이 덮여버리고 미화되듯 사업가들도 수단 방법 가리지 않다가 재력가의 반열에만 서게 되면 하나님의 축복으로 간증하는 현실이어서 위선자들은 계속 양산되고 있습니다. 큰 비리에 휩싸이는 사람들 중에 기독교인이 많고 그런 사람들은 어김 없이 기독교 사회에 이미 명망있는 간증의 사람이 되어있어서 우리를 허탈하게 만듭니다.

사업은 성공이 목적이며 거기에 하나님의 도우심이 있겠지만, 정직하게 성공한다는 것은 몇 배나 더 힘든 고난의 길임을 기억해야 합니다. 정직하게 성공한 것이 아니라면 교회와 세상에 얼굴을 드러내는 일도 없어야 합니다.

부끄러운 사업이 자랑이 되어서는 안될 일입니다.

*

사랑179

믿음을 말할 수 없는 때에도
믿음을 이야기하는 것이 참 믿음이며,
희망을 말할 수 없을 때에
희망을 말할 수 있을 때가 참 소망이고,
사랑을 보일 수 없을 때에
보여줄 수 있는 사랑이 참 사랑이다.

*

저마다의 감옥

사람은 어쩔 수 없이 가진만큼 쓰씀이가 커집니다.
구두쇠가 아닌 한 소유의 능력만큼 자신의 가치를 키워가고 싶어하는 것입니다.
하나로 하나의 가치를 나타내던 사람이 다섯이 되면 다섯이 필요하고 열이 되면 열이 필요해집니다. 많아질수록 욕망은 더 커지고 조절능력까지 상실하는 것입니다.
축복을 가장하기엔 소유만큼 좋은 것도 없는지라 얻은 것을 셈하기

보다 써야할 것에 우선을 두면서 점점 꿀단지의 감옥에 갇히어 가고 있습니다.
현대인들은 저마다의 감옥을 하나씩은 가지고 있다.
없는 것이 감옥이고 있는 것이 감옥이며 자유가 감옥이 되고 일이 감옥이 됩니다.
그리스도 예수께서 주신 것은 자유였습니다.
율법에서의 자유보다는 율법을 초월하는 자유의 능력입니다.
구속되지 않는, 지배해야할 자유의 능력입니다. 그 뿌리에는 욕심을 탈피하는 것과 사랑하는 일이 자리하고 있습니다.

*

사랑182

모두를 좋아할 수 없는 것이고 모두에게 좋은 사람으로 인정받을 수도 없다. 그러나 모두를 사랑할 수 있고 모두에게 사랑받을 수 있는 사람이 되고자 노력한다.
호감이 가지 않는 사람을 사랑하는 일이 어려울 수 있지만
나의 사람이 아닌 하나님의 사람으로 볼 수 있다면 하나님이 사랑할 힘을 주실 것이다.
진정한 사랑의 승리는 사랑할 수 없는 사람을 사랑하는 일이다.

*

사랑184

심리학의 발달은 마음의 병을 보고 그 치료의 길을 크게 열어놓았다. 그러나 상처가 남긴 병을 치료하려면 용서와 사랑 외의 다른 특효약이 별로 없어 보인다.
그래서 주님은 사랑도 용서도 명령하고 있다.
타인을 위해서가 아니라 바로 나를 위해서다.

*

떠나야할 자의 독백

노화를 받아들여야할 때가 되었다
뼈가 약해지고 있음을 느낀다
피부의 주름과 여러 병적 증세들이
뜨거운 태양이 힘 잃고 서쪽으로 향하듯이
한참 기울었음을 깨닫게 한다
살아오면서 보니
정점에선 자의 겸손을 보는 것이 쉽지 않았다
모든 시선이 자신에게 향한다고 느낄 때
타인을 제대로 보지 못하였다
살아온 환경을 탓하며

만들어진 물건처럼 되어버린 사람들도

세상을 바로 보지 못하였다

지나고 나서 깨닫는다면 그나마 다행인데

그런 인생도 별로 없었다

마지막까지 모두가 추한 경쟁을 하고 있다

그래서 세상이란 순환되는 것이다

그래도 남겨둘 사람 있다면

그들에게 희망을 이야기해야 한다

그들이 가야할 길에

작은 등불 하나 비춰주면 된다

할수 있다면 사라지면서

희생의 핏물 몇방울이라도

거름으로 남겨주면 된다

CHAPTER 9

크리스천으로 산다는 것 ; 신앙인의 인격과 삶에 관한 묵상

변장된 축복의 옷을 벗고

거룩한 천사의 새옷으로 갈아 입은 사람들의

힘찬 날개짓을 꿈꾸어 본다

달빛 되어

너희는 세상의 빛이라 하시는데
내겐 발산할 에너지가 없다
그런데도 빛을 비추라 하신다
달빛을 보는데
그 아름다움에 취하여 한참을 바라보는데
이 빛이 너의 빛이라 하신다

저 달은 이리도 아름다운데
빛을 발산하는 게 아니구나
태양을 바라보는 반사체일 뿐

주님은 내게
빛이 되라고 말씀하지 않으신다
나를 바라보라 말씀하신다
반사체의 영광이
가장 밝은 빛 되는 길이라 하신다
온 몸으로 나를 보라 하신다

*

사랑188

허물이 보이기 시작할 때는 사랑이 식기 시작하는 때이고,
허물이 감추어지기 시작할 때는 사랑이 깊어지는 때이다.
만약, 잊어버린 과거의 허물이 들춰지기 시작한다면
정마저 메말라가고 미움이 시작되고 있다는 증거일 것이다.
사랑이란
나쁜 기억은 씻어내고,
좋은 기억은 추억의 병에 고이 담아가야 하는 것.

*

진짜 크리스천

사회의 일터에서 그리스도인들을 만나면서 자주 느끼는 것이 있습니다. 교회에서 떳떳하지 못하며 사회에서도 떳떳치 못한 사람들은 실제로 볼 때에 위선자들이 아니었습니다. 그들은 전통의 옷을 입고서 힘들어한 사람들이었습니다. 진짜 위선자들은 카멜레온처럼 변장술을 가진 자들입니다.

어떤 상황에서도 유능하여 교회에서는 멋진 신앙인처럼 자신있게 행동하고 사회에서는 철저히 세상의 사람으로서 행동합니다. 그런 자가 성공할 수 있고, 성공 하나로 모든 과정을 덮어버리는 것을 잘 아는 사람들인 것입니다.

주초문제나 십일조와 주일성수 등이 신앙평가의 기준이 아니고 양

심이나 윤리의 정신과 봉사의 삶이 기준이 될 수 있어야 합니다.
위선자들이 부끄러워하고, 착한 사람들이 떳떳할 수 있을 때에야
기독교의 희망은 보일 것입니다.

*

사랑189

사람을 그리워하는 사람이 생의 애착도 강함을 보았습니다.
죽고싶다고 계속 말하는 사람은
그의 곁에 오래 앉아있기도 버거웠습니다.
사랑이 주는 힘은 그리워함일 것이며,
사랑을 안다면 하루라도 더 붙잡고 싶은 곳이 세상일 것입니다.
세상도 천국도 사랑만큼만 가까이에 있습니다.

*

사랑193

어미 개는 강아지가 눈을 뜨기 전까지의 보름 간은,
잠시도 곁을 떠나지 않고 모든 배설물까지 다 받아 먹고 있었다.
하지만 강아지는 어미의 사랑을 기억하지 못할 것이다.
사람도 엄마의 가장 큰 사랑을 받았던

영아기의 시간은 기억을 못하고 있다.
보지 못하고 기억하지 못할 때의 사랑이
가장 큰 사랑임을 모르면서 우리는
보이지 아니하는 하나님의 사랑을
너무도 쉽게 판단하고 있다.

*

들꽃처럼

들꽃이 아름다운 것은 알아주지 않아도 여전히 생생하게 피어나는 생명이기 때문입니다.
땀 흘리며 일하고 큰 욕심 없이 검소하게 살아가되, 다른 연약한 사람들을 돌아보며 사랑할줄 아는 사람들이 가장 아름답게 보입니다.
우리는 존재감을 드러내고 싶음지만 과장하지 않고 있는 그대로의 모습을 보여주는 들꽃같은 평범한 인생이 실제로 세상을 아름답게 합니다.
살아있다는 것은 이전에 우리를 살리고 죽은 자가 있었기 때문이고 유명한 자가 있는 것은 평범함 속에 만족하며 제자리를 지켜주는 사람이 있기 때문입니다.
삶에 대한 소소한 후회는 누구나 하는 것이지만
성공하지 못한 후회는 어리석은 자만이 하는 일입니다.

*

중년 이후

 나이가 들어가면 육체만 쇠하는 것이 아닙니다. 갈고 닦지 않은 영혼은 두꺼운 갑각을 입고 속은 텅 빈 사람으로 변모하기 쉽습니다. 육체의 건강을 돌아보는 것 이상으로 영혼을 가꾸지 않는다면 순결한 영혼은 보존되기 어렵습니다.

육체는 쇠하여도 영혼이 날로 새로워질 수 있다면, 영혼을 위한 투자만큼 값진 것이 어디에 있을까요?

어찌보면 가장 힘든 신앙의 싸움은 세상과 부딛히며 승리해야하는 청장년기가 아닙니다, 겉을 부드럽게 유지하며 속살을 채워야하는 중년 이후의 삶일 것입니다.

*

사랑195

자연과 함께 살아가려면
불편함과 친구되어야 하듯
사랑을 나누는 삶의 길에
늘 활짝 열린 도로는 없다
좁은길과 통하는 긴 사랑의 길에서

넓은 길만 찾는다면
너무 빠르게 끝이 보이리라

*

겨울의 따뜻함

새끼를 위한 젖은 내어주면서도
움직이지 않음으로
에너지를 억제하는 곰처럼
겨울은 인간에게도
동면이 필요하다
쉬면서 숨고르기를 해야하는 시간이다
마음이 따뜻해야 하니
온기가 있는 곳으로 가야한다
그곳은 바로 쉼의 장소이다
농경시대에 겨울은 쉼이었는데
동면 없이 사는 동안 허무함이 되어간다
장작과 연탄불 그리고 기름으로
따숩게 해야하는 계절
겨울은
마음을 따뜻하게 하는 계절이어야 한다

*

사랑196

물질이나 시간 사용에서,
당신은 하나님과 타인을 위해 어느정도를 쓸 수 있나요.
이 질문에 대한 대답은 곧
당신이 가진 사랑의 분량입니다.
사랑은 정확하게 물질과 시간으로 계산되고 있습니다.

*

놀이터 공동체

하나됨을 이루는 건 비움의 작업이다
중심의 기둥되는 것 아니고
울타리의 버팀목이 되는 일이다
놀이의 주인공되는 것이 아니고
놀이터의 마당이 되어 주는 일이다
좋은 공동체란
주인은 보이지 않고
약한 자들이 주인 노릇하는 곳
큰 꿈이 없어도 희망이 보이고

만남만으로도 행복이 남는 곳
우리 함께하며 머무는 이곳이
언제까지나
욕심없는 어린아이의 놀이터 같기를

*

사랑200

말이 앞서가지 않고
행동이 먼저 가는 것
남을 탓하지 않고
자신이 책임을 감당하는 것
희생이 필요한 자리라면 주저하지 아니하는 것
사랑은, 몸과 마음이 항상 먼저 가는 움직임이다
건강한 자의 활동력처럼
마음이 건강한 자의 활동력이 사랑이다

*

사랑202

모든 꽃이 아름답게 보이고

모든 사람이 귀하게 보이며
구름과 비, 태양과 별빛 하나까지
소중하고 아름답게 여겨지는 때는
사랑이 무엇인지 깨닫는 단계이며
행복의 문을 붙잡고 있는 때입니다.
그런데, 문을 열어 더 깊이 들어간 사람의 상당수는
많은 것을 상실해본 사람이었습니다.

*

사랑205

자선과 사랑은 구분해야 한다. 하지만
사랑하는 사람끼리는 항상 자선이어야 한다.
약한 부분은 늘 숨기려 하는 사람과의 사랑에서는,
드러나지 않게 불쌍히 여김을 가져야 한다.

CHAPTER 10

끝과 시작의 징검다리 ; 공동체와 십자가 묵상

그리스도의 십자가를

바라보며

그 길을

묵상하고

신앙 공동체의

희망을

생각한다

사랑208

십자가의 길에는
희생과 사랑과 용서와 화해와 평화가 있었음에도
기독교는 힘을 가질 때에 더욱 거만하고 잔인해졌습니다.
이제서야
약함 속의 십자가가 진정 강한 이유를 알게 됩니다.
사랑의 십자가를 질 수 있게,
차라리 약하게 하옵소서 주님

*

두 세상

두 세상을 본다
현미경으로 보는 세상과
망원경으로 들여다 보는 세상이다
세상 두려운줄 알아야
저 세상의 하나님이 보이고
세상을 작게 보아야
끝까지 품고 갈 인생이 보이는 것이니
굴 속같이 답답한 세상에 갇혀있지만 말고
가끔은 높은 산에 올라

137

한 눈 안에
세상을 다 담아보자

*

성경 속의 개인

축복이 개인에게 속한 듯 보일지라도, 축복처럼 보이는 성경 속의 개인은 늘 나그네였고 외롭게 희생하며 목숨도 걸어야 했던 사람들이었습니다. 역사 속에 기억되는 신앙의 인물들도 역시 마찬가지입니다.

풍요와 태평의 시대에는 인기인 외에 위인이 거의 없습니다. 그래서 기억될 사람도 없습니다. 그나마 있다면, 자신을 드러내려하지 않고 공동체 속에 묻히려 하였던 사람들입니다.

그럼에도 기억될 사람은 꼭 있을 것입니다.

세상이 필요해서가 아니라,

주님이 필요해서 역사의 주인공으로 세워놓을 사람들입니다.

*

선지자의 기도

부르짖음,

슬픔의 눈물과 호소,

사모하는 기다림,

그리고 고통의 짓눌림

이사야 선지자가 사명의 삶 속에서 느껴야만 했던 아픔들입니다.

의로운 선지자들에게는 이런 고통이 떠나지 않았습니다.

선지자의 삶은, 백성과의 사이에서 중보자의 사명을 감당해야 하는

일이었습니다.

제사장들은 예배 의식 안에서의 중보자였지만,

선지자들은 지도자적 삶의 중보자였습니다.

제사장들은 희생제물만 손질하면 되었지만,

선한 선지자들은 자신의 몸을 중보의 제물로 바쳐야만 했습니다.

성도들은 만인 제사장 되어 스스로 예배의 자리로 나아갑니다.

그러나 사역자는,

예수 그리스도의 모습을 본받아 희생하면서

성도의 본과 거울이 되어야 합니다.

주님은 죽으셨고 하늘 보좌 우편에 계시어도,

사명자인 목회자는 이 땅에서 그를 대신하여

그리스도 예수의 길을 가야만 합니다.

그리스도가 이 땅에서는 섬기기만 했고

죽음의 길을 버림 받으면서 갔듯이

그렇게 뒤따라 가야합니다

그리스도의 영광이

죽음 이후 하늘 보좌 우편이었듯,

목회자의 영광도
현재가 아닌 미래의 것이어야 합니다.

*

사목 한 그루

벌써 3년 째 버티고 선
죽은 참나무 한 그루
단단하고 큰 나무인지라
썩어 가면서도
자신의 자리만은 굳게 지키고 있다
모두가 잎 떨군 반년은
살아있는 듯한 모습으로
나머지 반년은 흉한 모습으로

끝까지 산 자처럼 살아야 하리
죽음도 깨끗함이어야 하리

*

갈대숲

삶도 귀하겠지만
죽은 후가 더 아름답다
살아있는 동안은
물 속 식물들에게
죽은 동안은
외롭고 지친 삶의 사람들에게
쓸쓸함이란 누구에게나 있기에
자신의 모습을 보라고
존재하는구나

갈대숲이 아름다운 건
죽음 때문인 것을
오늘 알았다

*

함께의 속삭임

함께 하면,
얼마간 좋은 것만 보이다가
안좋은 것들이 하나씩 나타나는 거야.
모른척 바라봐 주렴
나도 그렇게 보여질거라 생각하는 거야.

141

더 얻고싶다면,
나의 작은 빛만 비추면 된단다.
공동체는 작은 빛들의 모임이지
큰 빛으로 밝혀지는 것이 아니거든.
오히려 큰 빛이,
공동체를 깨뜨리는 것을 아니?
생명력은 짧고
사라질 때 빈 자리는 크기 때문이란다.
큰 자는 항상 외로운 거야
큰 빛이 되려고 너무 애쓰지도 말고
작음을 무시하지도 말아주련
내가 작음을 좋아하는 것은,
허물을 감출 그늘을 가져서란다
부족하지만 때로는
내 작은 우산으로
큰 자의 그늘 되어주고 싶은 거란다

*

사랑215

축복의 통로에는
사랑의 관이 있습니다.

그리스도로 색칠된 배관이 거미줄처럼 번져가는 세상이라면,

그곳은, 하나님의 나라입니다.

*

죽음에 대하여

삶의 이야기로 가득한 세상에서

죽음의 이야기를 듣는다

삶은 죽음이고, 죽음은 삶이라 한다

십자가가 죽음이지만

가장 분명한 삶의 통로였듯이

죽음을 보는 자는 정확히 삶을 본다

삶 너머에 죽음은 있는 것이고

죽음 너머에는 삶이 있다는 것을 본다면

삶은 무의미하지 않고

죽음이 두려운 장벽일 수 없으리라

저마다 삶의 꽃을 피우려 몸부림이다

피워야겠지

열매도 남겨야겠지

그러나 죽음도 꽃을 피워야 한다

죽음이 꽃을 피우는 곳에는

거듭남이 있고

천국도 있음을
그것만이 가장 값진 열매임을

*

사랑220

시간을 즐기면 가장 짧게 사는 것이고
자연을 즐기면 적당히 사는 것이며
하나님을 좋아하고 사랑하면
가장 길게 사는 것이다

*

이별

모두가 이별인 것을
내가 떠날 것이고
언젠가는 남이 나를 떠날 것이다
이별을 미리 생각할 수 있다면 함께함은 더 소중할텐데
그러나 이별은
항상 보지 못할 미래에만 머물러 있다
이별을 친구해서는 안된다

그러나 바라보는 지혜는 필요하리라
떠남을 위한 준비는 하여야 하리라
영원을 바라본다는 것은
그리스도인만이 갖는 이별의 준비이다
언젠가 이별의 날이 될 때
다시 현재로 이어질 꿈이기 때문이다

*

낯설게 하기

익숙한 것이 싫어지는 자리에서 창조는 시작되고 있습니다. 낯선 것을 대면하는 것은 쉽지 않은 일이지만, 익숙한 것을 낯설게 하는 일은 아무나 하지 못하는 결정이며 습관입니다.

행복이 편안함의 자리만은 아닐 것입니다. 아무나 가지 못하는 길을 갈 수 있다면, 그래서 남이 보지 못한 것을 보고 깨닫고 발견할 수 있다면 바로 거기에 진정한 행복은 있습니다.

천국을 바라봄도 그러합니다.

신앙인 모두가 가는 길이 그곳이라 하여도, 아무도 가보지 못한 미경험의 자리를 찾고 믿고 걸어가기 때문에 소망 하나로도 행복할 수 있습니다.

주님은 이상하게도 천국에 대한 말씀을 많이 던져주시면서도 천국의 실제적 삶에 대한 이야기를 잘 하지 않으셨습니다.

그림과 상징만을 던져주셨고, 나만의 소망을 그려보는 행복을 주시
고 있는 것입니다.

*

함께 있음으로써

함께 있음으로써
존재감을 느껴야 하는 인생
웃기면 기뻐 웃고 끌어주면 인도받고
섬겨줄 때 섬김 받고 자랑하면 박수하지
아파하면 감싸 주고 슬플 때 함께 울며
같이 걷고 같이 뛰고 함께 먹고 함께 자자
있으면 내어놓고 없으면 받아쓰고
약하다고 움츠리고 부족하다 숨지 말자

홀로 있어 넘어지고 붙들어 일으켜줄 자가 없는 자에게는
화가 있으리라(전4:10)

*

아름다운 죽음

죽음이 아름답다
살만큼 살아서가 아니라
하늘나라를 준비하는 죽음이라면
어떤 죽음이라도 아름답다
죽음은 예비되고 준비되어야 한다
구원받은 자의 가장 중요한 준비는
죽음의 준비이어야 한다
삶이 죽음이어야 한다

세상 영광을 위해서
목숨 걸듯이 살지 않는 것.
섬겨야할 자리라면
어느 것도 마다하지 않는 것.
십자가, 고난, 좁은 길이라면
용기 있게 묵묵히 걸어가는 것.

*

사랑227

아낌 없이 버림으로서 살게되는 신비가
사랑 안에만 있습니다.
사랑은 결과보다 과정을 중시합니다.

진실로 과정에 충실하며 자신을 내어 던질 수 있다는 것은,
결과를 기대하기 때문입니다.
자신을 위한 것이 아니었기에 기대가 빗나간다 하여
낙심하지 않습니다.
낙심한다면 사랑이 아닙니다.

*

사랑228

같은 글도 리듬감을 넣고
정제의 과정을 거치게 되면
詩가 되어 마음을 동하게 하듯이,
같은 행동에도 정성을 넣고
신중한 배려로 옷 입힌다면
사랑의 손길로 바뀐다.
사랑하는 사람이야말로 영혼으로 노래하는 시인이다.

*

사랑229

'서로를 사랑하는 일은 주님을 보는 일이다'

레미제라블에서 들려오는 대사이다.

우리는 주님을 볼 수 없다.

그러나 오직 사랑을 알고 사랑하는 자들만이

사랑의 행위를 통해

그 안에서 살아 역사하시는

그 분을 만날 수 있게 된다.

사랑하지 않고 주님을 볼 수 없다.

사랑의 봉사는 구원을 위해서가 아니라

주님을 만나기 위해서 꼭 실행해야할 덕목이다.

*

1년의 마지막 날

오늘

마지막 날 하루의 시간은

꼭 붙잡아 두련다

한 해의 의미를 찾으련다.

아쉬워서가 아니라

아픔 때문에 잡으려 한다.

내년으로 가지고 가고 싶지가 않아서

많은 기도와 생각으로 채우려 한다.

과거나 미래로의 시간 여행은 어려워도

현재의 시간을 늘릴 수 있음을
확인하련다.
공기 가득한 풍선을 날리듯
오늘은 그렇게
생각 가득한 시간 풍선을 만들고 싶다.
부끄러움도 담고 아쉬움도 담고
꿈도 담으련다.
그 풍선 하나를 띄우고서
새해를 맞이하고 싶다.
그리하여
기분만 좋은 새해의 하루가 아닌
기대가 있고 자신도 있고
꺾이지 않을 의지력을 가지고서
스타트 라인에 선 스프린터의 모습으로
내일에 꼭 서련다.

맺는 글

교회 부흥기의 막차를 탄 목사입니다.

교회를 개척한 지 10년 쯤 되어 아담한 예배당을 건축하였는데 입당을 하던 해 어느 날 교우들에게 이런 고백을 한 적이 있습니다.

"교회는 성도들의 것이며 여러분이 주인이어야 하는데 예배당을 갖고나니 이상하게 사람들은 목사를 주인으로 생각합니다. 어쩌면 이 하나의 이유 때문에 제가 교회를 떠나야 할지 모르겠습니다."

비슷한 시기에 이런 고백도 하였습니다.

"어린 시절부터 목사의 꿈만 가지고 살아온 제가 어떻게 세상을 살아야 하느냐를 이야기하는 일이 참 어렵습니다. 그럴리는 없겠지만 기회가 혹 주어진다면 몇 년의 세상 직업을 가져보고 싶습니다."

예배당 입당 4년 만에 안정된 교회를 두고 빈손으로 서울로 떠나와 새로운 십년의 삶을 살아온 지금, 생각의 기도는 응답이 되어 노인복지 현장에서 원장이란 호칭에 더 익숙한 사람으로 일하고 있습니다.

인생 길을 사랑 없이 걷는다면 그것은 윤활유 없이 움직이는 기계나 자동차와 같을 것입니다.

사랑 없는 세상이어서 정치도 경제도 종교도 심지어 교육과 복지도 싸움의 場이 되고 있습니다.

답이 없는 세상이라지만 그래도 웃음과, 감사와, 사랑은 늘 붙잡아야하는 삶의 동아줄이며 길은 거기에 있으므로 다시 변화될 것입니다.

읽고 마음 나누어 주심에 감사드립니다.

외로웠던 나와 함께해 준 페이스북의 휴먼세라피 가족들과 사진을 공유해 준 모든 분들에게 감사드립니다.

사랑, 너는

첫판 1쇄 2019년 2월 8일

지은이 임종학
발행인 최지윤
펴낸곳   시커뮤니케이션
주소   도봉구 방학동 274, 2층 203호
전화   02.3492.7321
팩스   0503.3443.7211

홈페이지   www.seenstory.co.kr
페이스북   facebook.com/seeseesay
이메일   seenstory@naver.com
서점관리   하늘유통
인쇄   현문인쇄
ISBN   979-11-88579-23-5